오늘의 기분은 카레

일러두기

• 자연스러운 표현을 살리기 위해 카레와 커리를 본문에 함께 적었습니다.

• 도쿄 카레 여행 이야기에 해당하는 '본디', '스파이스 쿠라시' 편과 '못다 한 일곱 가지 카레 이야기'의 일부 내용은 저자가 독립출판한 책 《작고 확실한 행복, 카레》에서 가져왔습니다.

평범한 듯 특별한

글·그림 노래

오늘의
기분은
카레

위즈덤하우스

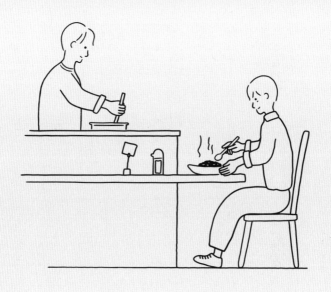

CURRY

너를 만나 다행이야, 카레

"토마토치킨 커리 하나 주세요."

욕심을 담아 말했습니다. 식당에 있는 세 가지 메뉴 가운데 '토마토치킨 커리'를 골랐습니다. 확실한 기분이었습니다. 무더운 여름날 점심. 크고 작은 고민이 깃든 삶 가운데서, 오늘의 나는 무엇을 먹고 느끼고 싶은지 명쾌한 답이 하나라도 있어 안심했습니다.

접시를 반 정도 비웠을 때 카레에 집중하는 나를 보았습니다. 비 오듯 흘리는 땀도 신경 쓰이지 않았습니다. 무언가에 푹 빠진 기분이 새로웠습니다. 고객의 거센 피드백, 끝이 안 보이는 프로젝트, 쌓여가는 집안일, 만성 거북목 통증도 잊었습니다. 접시에 담긴 주황색 액체, 카레에 빠졌습니다.

'언제부터 카레를 좋아하게 됐어요?' 하고 누군가 물으면, 저는 땀 흘리며 토마토치킨 커리에 푹 빠진 2016년 8월 19일 점심을 이야기합니다.

카레를 좋아한 뒤로는 일 년에 300번 정도 카레를 먹습니다. 질리지 않습니다. 몇 년째 카레를 좋아합니다. 카레에 푹 빠지게 된 8월 19일로부터 일 년이 지나, 회사를 그만두었습니다. 퇴사 후 일 년은 더욱 카레에 집중했습니다. 다양한 카레를 만나고 싶어, 세 번에 걸쳐 한 달 가까이 도쿄로 카레 여행을 떠났습니다. 매년 10월 초 도쿄 시모키타자와에서 열리는 카레 페스티벌에도 다녀왔습니다. 카레 여행을 기록한 독립출판 책과 카레 달력, 카레 에코백 굿즈를 만들어 서울 아트북 페어 '언리미티드 에디션'에 참가했습니다.

카레를 좋아하는 다양한 사람을 만났습니다. 일본어를 못하지만 구글 이미지 번역 앱을 활용해 일본어로 된 스파이스 카레 요리책들을 보며 카레 만들기 연습을 시작했습니다. 자주 가는 카레 식당 사장님께 요리책에서는 배우지 못한 소소한 카레 만들기 팁을 배우기도 했습니다. 카레에 집중한 일 년은 매일이 땀을 흘리며 토마토치킨 커리를 먹은 그날 점심 같았습니다. 카레에 푹 빠진 새로운 시간이었습니다.

카레에 집중한 일 년을 보내고 그래픽디자이너로 일하던 회사에 다시 입사했습니다. 카레를 좋아하고 난 뒤 몇 년 사이에 여러 변화가 있었지만, 카레는 늘 제 곁에 있습니다. 카레는 하나의 음식에 불과할지 모르지만, 확실하게 좋아하는 무언가가 마음 한구석을 채웠을 때 삶의 작은 변화를 느꼈습니다. 누가 "뭐 먹을래?" 하고 물으면, 잠시 고민하다 "아무거나"라고 대답할 때와는 다른 기분입니다.

한국과 도쿄에서 만난 열 가지 카레의 기분을 책에 담았습니다. 일상과 비일상을 오가며 이 책을 읽는 당신에게, 카레의 온기가 전해지면 좋겠습니다. 새로운 카레를 만나고 카레의 다양한 매력을 느끼고 싶은 누군가에게 도움이 되길 바랍니다. 책을 다 읽고 이런 생각이 든다면 저는 더없이 즐거울 듯합니다.

'오늘, 카레를 만나 다행이야.'

못다 한
일곱 가지 카레 이야기

**일상과 비일상을
오가며 만난**

열 가지 카레

버터치킨 커리

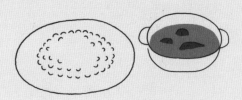

공기처럼 천천히 카레는 내 안을 채웠다.

"오늘 공기 좋다."

공기 좋다는 말. 미세먼지 농도를 확인하는 일에 익숙해진 뒤로는 '좋은 공기' 하면 산뜻한 공기를 먼저 떠올린다. 물론 기분을 담은 훈훈한 공기나 차분한 공기도 있다. 공기를 꾸미는 말은 끝이 없을 듯 다양하지만, 공기라는 단어를 들으면 나는 카레를 먼저 떠올린다.

몇 년 전 초겨울, 동료가 회사 근처에 새로운 식당이 생겼다고 알려줬다. 이때만 해도 누가 내게 뭘 먹고 싶은지 물어보면, 내 선택은 '아무거나'였다. 딱히 좋아하는 게 없었다. 음식이든 뭐든 말이다. 그러니 회사 주변에 어떤 식당이 있는지는 그리 중요하지 않았다. 점심마다 별생각 없이 배를 채웠다. 공기식당의 카레를 만나기 전까지는 말이다. 큰길에서 안쪽 좁은 길로 향하면 '이런 곳에 가게가 있을까?' 싶은 생각이 들 만한 곳에 공기식당이 있었다.

　처음에는 카레보다는 정식을 먹었다. 공기식당에는 매일 다른 카레 한두 가지와 일본식 정식 메뉴 하나가 있었다. 카레 맛집이라고 해야 할지, 정식 맛집이라고 불러야 할지 고민이 될 정도로 음식이 다 마음에 들었다. 덕분에 아무거나 먹어야지 하는 생각이 줄었다. 카레를 먹을까 정식을 먹을까. 두 음식을 두고 진지한 고민을 시작했다. 별생각 없이 배를 채우던 시간이 조금은 중요해졌다. 일주일에 한두 번은 꼭 공기식당에 간 지 한 달 정도가 지났을까. 계산대에 놓인 명함 한 장을 집었다.

　'No Curry No Life.'

　'카레 없이는 못 산다니. 심오하네. 카레가 뭐라고.' 공기식당 명함에 적힌 문구를 보며 생각했다. 후퇴 따위는 없어 보이는 자신감 넘치는 문구였다. 믿음이 생겼다. '카레를 더 먹어봐야지' 하는 마음이 싹텄다. 공기식당 카레를 천천히 더 자주 찾게 되었다.

　처음엔 주로 버터치킨 커리를 만났다. 파란 띠를 두른 넓은 접시를 언덕처럼 봉긋 솟은 새하얀 밥이 2할, 연주황의 커리 소스가 8할을 메운다. 밥과 소스에서 모락모락 김이 오른다. 식당 한쪽 조그만 스피커에서 흘러나오는 노랫소리처럼 천천히, 부드럽게 따듯한 공기가 식당을 채운다. 살짝 매콤한 맛을 달래주는 견과류 퓌레의 부드러움과 토마토의 감칠맛. 그동안 맛본 카레와는 사뭇 다른 향이 접시에 담겼다. 인도 커리 식당에서 느낀 맛과도 달랐다. 공기식당 버터치킨 커리만의 매력에 서서히 물들었다.

점점 카레라는 음식에 마음이 끌렸다. 버터치킨 커리 말고도 매일 다른 카레가 나왔다. 콩비지 찌개와 식감이 비슷한 담백한 채소 카레, 다진 고기가 들어간 소스를 졸여 국물이 없지만 카레라고 불리는 드라이 키마 카레, 달큰하고 칼칼한 맛이 신선한 채소와 어울리는 치킨그린 커리, 매콤함과 토마토의 감칠맛이 도드라지는 해물 커리, 사흘이라는 인고의 시간을 거쳐 만들어지는 구라파유럽풍 카레 등. 조금씩 얼굴을 바꾸는 카레가 신기했다. 새로운 만남이 기다려졌다. 토마토치킨 커리, 일본식포크 커리, 어니언포크 커리, 케라라치킨 커리은은한 코코넛 향이 매력적인 남인도풍 치킨 커리다, 가츠 카레, 새우 커리, 고등어 커리, 단호박 커리, 레드핫포크 커리 등 지금도 새로운 카레가 속속 등장한다.

하루는 계산대 앞에 서 있던 사장님이 향신료 통 하나를 내밀었다. 새끼손톱보다 작고, 피기 전 꽃봉오리 모습과도 비슷한 향신료의 이름은 클로브정향였다. 몇 개를 집어 향을 맡았다. 달달했다. 하나를 입에 물고 씹었다. 서서히 입안이 얼얼해지다 마비가 되는 듯했다. 큰일 났다 싶어 클로브를 검색해보니 치통이 있을 때 응급 진통제로도 제 몫을 톡톡히 한다고 한다. 공기식당에서 만드는 다양한 카레에는 흔히 알던 인스턴트 카레 가루가 아닌, 스파이스 파우더와 가루로 갈지 않은 홀 스파이스도 함께 사용된다는 사실이 몸에 생생히 기억으로 남았다. 조미료가 첨가된 카레 가루나 고형 카레 제품을 사용하지 않고, 홀 향신료와 향신료 파우더를 넣으면서도 인도 커리 식당과는 또 다른 자신만의 스타일로 만든 카레를 '스파이스 카레'라고 부른다는 이야기를 공기식당에 다니며 알게 되었다. 스파이스 카레 식당이 일본에 많다는 사실도 말이다.

스파이스 카레는 매일 만드는 버터치킨 커리라도 향신료 배합, 함께 들어가는 재료, 요리 타이밍과 방법에 따라 맛과 향이 묘하게 다르다. 어느 날은 부드럽고 입안에 착 감기는 맛이 있고, 또 다른 날은 강렬한 매운맛과 카르다몸 _{소두구. 생강과에 속하는 향신료로 톡 쏘면서도 상큼한 향이 난다} 의 알싸함이 돋보일 때가 있다. 공기식당 사장님이 일본으로 카레 수련 여행을 다녀오실 때마다 버터치킨 커리의 맛도 조금씩 새로워졌다. 가장 기억에 남는 공기식당의 버터치킨 커리는 2019년 1월 12일에 맛봤다. 공

: 버터치킨 커리 [공기식당]

기식당의 카레가 접시에 담기는 모습은 매번 조금씩 바뀐다. 이날은 접시 하나에 밥과 소스가 함께 담겨 나오는 대신, 카레 소스는 큰 그릇에 밥은 접시에 따로 담겨 나왔다. 소스 색은 향과 간이 조금 진해 보였다. 맛있게 올라온 기름이 소스 중간중간에 떠올랐다. 향긋한 향신료 향과 체에 한 번 거른 커리 소스의 부드러운 감촉이 만나 이룬 조화가 놀라웠다. 평소와는 다르게 뼈 있는 닭다리살과 뼈 없는 안심살이 함께 들어가 쫄깃하고 담백한 맛을 모두 느낄 수 있었다.

작고 확실한 행복을 찾았다. 카레가 좋다. 여러 카레를 먹다 보니 카레라는 음식의 영역 안에서도 더 찾게 되는 카레가 생겼다. 나를 즐겁게 만드는 요소를 곰곰이 돌아보며 기억한다. 나의 기분을 한 번 더 살피는, 작고 확실한 행복을 찾는 일은 쉽고도 어렵다.

음식을 먹고 '맛있다'로 끝날 표현을 왜 맛있는지, 음식의 어떤 부분이 '나를 기쁘게' 했는지를 천천히 느끼고 확인하는 시간이 필요하다. 휴대폰 카메라로 사진을 찍고, 사진 보정 앱을 켜고, SNS에 올리기 전에 눈과 머리와 마음으로 음식의 기분을 하나하나 살피는 일이다. 때론 조금 일처럼 느껴질 정도의 수고를 들인다.

예를 들어 본다. 친구는 매운 음식을 좋아한다. 친구를 만나 친구가 좋아하는 음식을 먹으며 즐거운 시간을 보내고 싶다. 친구가 매운 음식을 좋아하니 매운 음식을 파는 아무 가게나 들어가면 친구는 행복할까? 나는 노력한다. 친구가 좋아하는 매운 음식이 무엇인지 하나씩 떠올려본다. 친구가 좋아하는 매운 음식은 묽지도 또 너무 걸쭉하지도 않은 국물이 있을 때가 많다. 국물이 약간 있는 매운 음식에 쫄깃하고 통통 씹히는 맛이 있는 재료가 들어가면 더 좋다. 떡볶이, 주꾸미 볶음, 철판 닭갈비가 적절한 예다. 남은 국물과 국물이 배어든 재료에 밥을 비벼 먹을 수 있으면 더할 나위 없이 좋다.

음식이든 무엇이든 기분 좋은 순간을 찬찬히 살피면 나의 행복은 확실해진다. 친구를 만나 청양고추가 듬뿍 들어간 칼칼한 칼국수나 숯불 닭갈비를 먹자고 하는 대신, 매콤한 소스가 촉촉하게 느껴지는 철판 닭갈비를 먹자고 하면 친구는 확실히 조금 더 행복해 보인다. 떡 사리나 쫄면 사리를 추가하고 밥까지 볶아 먹자고 하면 감탄한다. 매운 음식 중에서도 친구가 맛있다고 생각하는 매운맛을 곰곰이 들여다보고 찾은 행복이다.

여러 스파이스 카레 중에서도 토마토 베이스의 스파이스 카레가 내겐 특별하다. 코리앤더고수 씨 향보다 커민쯔란 씨 향을 조금 더 즐긴다. 매운맛보단 감칠맛이 좋고, 신맛보단 단맛이 좋다. 치킨 카레에 들어가는 닭고기는 안심살보다 다리살이 좋다. 마무리 허브로는 쪽파보다 말린 까수리메티호로파 잎. 달달한 향이 난다가 좋다. 스파이스 카레를 먹으며 '음. 오늘은 지난번보다 커민 씨 향이 더 강하네' '이건 새로운 신맛인데? 단맛이 약해도 맛있잖아' 하고 신기해하며 먹다 보면 질릴 틈이 없다.

매번 조금씩 달랐던 순간을 하나하나 돌아보며 행복을 찾았다. 공기식당의 카레를 좋아한 지 시간이 꽤 흘렀다. 첫눈에 반하진 않았다. 공기처럼 천천히 카레는 내 안을 채웠다. 이제 '카레'라는 단어를 들으면 '공기'를 떠올린다.

공기가 따듯하다. 공기가 좋다.

공기식당

매일 다르게 나오는 스파이스 카레를 먹을 수 있다. 순수 향신료를 사용하기에 같은 버터치킨 커리라도 날마다 미묘한 맛의 차이가 있다. 대중적인 인도 커리 음식점과는 또 다른 스파이스 카레의 매력에 빠지기 좋은 곳이다. 카레만큼 인기가 좋은 치킨난반을 곁들임 메뉴로 고를 수 있다. 평일 오후 1시 15분 정도에 가면 한적하다. 주차장은 따로 없다.

—
주소: 서울특별시 종로구 필운대로6길 20-1 1층(통인동 46-5)
영업시간: 화~금 점심 11:45~14:30, 저녁 17:30~20:00/ 토·일 점심 12:00~15:30, 저녁 17:00~20:00/ 월요일 휴무
인스타그램: @lonely_table
—

비프 카레

카레를 좋아하고, 도쿄에 사는 사람이라면 꼭 먹었을 카레다.

꼭. "본디 카레는 꼭 먹어보세요."

강조의 말이다. 카레를 먹으러 도쿄에 간다고 말했을 때, 자주 가는 카레 식당 사장님은 진보초에 위치한 '본디Bondy'를 추천했다. 본디 카레를 극찬하는 친구도 있었다. 자주 가는 카레 식당의 버터치킨 커리만 해도 행복한 맛인데, 본디 카레는 얼마나 맛있길래 사장님은 '꼭'을 붙였을까. 강요는 아닌 강조. '꼭'이라는 단어의 느낌이 좋다. '꼭'을 듣고 본디 카레에 대한 동경이 점점 커졌다. 여러 카레 메뉴 중 비프 카레를 아마구치甘口. 단맛로 먹어보라는 코칭도 받았다.

찜통. 옷을 입고 습식 사우나에 들어가는 기분. 도쿄의 첫인상이다. 8월의 마지막을 달리는 날이 섭씨 31도라니체감온도는 41도였다. 수백 개의 다양한 카레가 있는 도쿄에서 살면 얼마나 좋을까를 종종 상상했지만, 이 정도 더위라면 다시 생각해볼 만했다. 나리타공항에서 탄 열차가 시부야역에 도착했다. 시부야역 사물함에 짐을 맡겼다. 숙소에 체크인할 네 시까지는 세 시간 정도가 남았다.

걸었다. 첫 번째 도쿄 카레 여행에 함께 온 친구는 "전철을 타는 게 어때?"라고 물었지만, 역까지 걸어가서 전철을 타고 목적지인 다이칸야마 츠타야 서점까지 가나, 점심을 먹은 음식점에서 바로 걸어가나 별다른 시간 차이가 없다고 대답했다. 걸으면 교통비도 아낄 수 있다고 했다. 땀을 뻘뻘 흘리며 시부야에서 다이칸야마까지 25분 정도를 걸어 츠타야 서점 티사이트에 도착했다.

운수 좋은 날이었다. 카레 서적 특별 코너가 마련되어 있었다 한 달 뒤에 다시 방문했을 때 카레 서적 특별 코너는 사라져 있었다. 이십 년 넘게 카레를 연구하며 40권이 넘는 카레 책을 쓰고 카레 강연 프로그램 〈카레 학교カレーの学校〉로 카레를 알리고 있는 카레 연구가 미즈노 진스케水野仁輔 씨의 책도 있었다. 서점 서가 선반도 아닌, 입구 앞 평대를 가득 채운 카레 책을 보고 내 얼굴은 웃는지 우는지 알 수 없는 표정으로 춤을 췄다. 수많은 카레 책을 보며 흥분했고, 많은 글자 중에 읽을 수 있는 단어는 'カレ—카레' 하나뿐이라는 사실에 말없이 고개를 숙였다.

: 비프 카레 [본디]

'고등학교 때 일본어를 배워둘 걸' 하는 아쉬움이 가득했다. 십여 년 전 뉴질랜드에서 다닌 고등학교에는 일본인 친구들이 몇 있었는데, 아무도 카레 얘기를 하지 않았다는 사실이 아쉬웠다. 하긴 당시에는 밥보다 마일드세븐, 말보로 레드를 더 자주 찾았다. 일본 친구들이 카레 얘기를 꺼낼 틈은 없었을 거다. 2017년 다녀온 도쿄 카레 여행에서는 고등학교 시절 일본인 친구를 만났는데, 친구도 본디를 안다고 했다. 카레를 좋아하는 사람이라면 본디 카레를 안 먹어본 사람이 없을 거라며 자기도 먹어봤다고 했다. "카레를 좋아하고, 도쿄에 사는 사람이라면 꼭 먹었을 카레." 본디 카레를 설명하는 여러 문장 중 하나였다.

 서점에서 시부야역으로 걸어서 돌아왔다. 역 사물함에서 짐을 찾아 숙소가 있는 아키하바라로 갔다. 숙소에 짐을 풀고 본디가 있는 진보초에 가기로 했다. 친구에게 이번에도 걸어서 가자고 했다. 또 교통비를 아끼자는 이유를 붙였지만 사실 다른 이유가 있었다. 진보초 간다 지역에는 수많은 카레 식당들이 있다. 진보초에는 고서점이 많아 책을 산 사람들이 책을 보며 먹기 편한 음식인 카레를 자주 찾게 되면서, 카레 식당이 많아졌다는 이야기를 일본 버라이어티 쇼에서 들은 적이 있다. 나는 조금이라도 더 카레 식당들을 보고 싶었다. 다 먹지는 못할지언정 간판이라도 스치고 싶었다. 친구에겐 속마음을 털어놓지 않았다. 많이 걷는 또 다른 이유는 빨리 소화시키기 위해서였다. 점심은 한 시를 넘겨 먹었고, 본디에 도착할 시간은 여섯 시였다. 친구를 빨리 허기지게 만들어 카레를 맛있게 느끼도록 하고 싶었다. 그래야 '남은 이틀 동안 계속 카레만 먹자'고 설득할 수 있다고 생각했다.

숙소에서 25분 정도를 걸어 여섯 시쯤 본디에 도착했다. 퇴근 시간이라 대기 줄이 길지 않을까 걱정했지만, 다행히 없었다. 테이블 좌석은 이미 정장을 입은 직장인 손님들로 대부분 다 찼다. 우리는 바 좌석에 앉을 수 있었다. 나는 코칭받은 대로 비프 카레 단맛을, 친구는 치킨 카레 중간 매운맛을 시켰다. 우리 다음에 들어와 옆에 앉은 혼밥 손님은 치즈 카레를 시켰다 _{왜 옆자리 손님이 시킨 메뉴까지 기억나는지 모르겠다.} 물 한 잔으로 더위를 식히고 나서야 가게가 눈 안에 들어왔다. 오래된 서양식 레스토랑 느낌이다. 1973년에 문을 열어, 프랑스식 브라운소스로 만든 카레를 파는 곳이라 그런가 보다. 본디의 카레는 유럽풍 카레로 불린다.

주문을 하고 몇 분이 지나 찐 감자와 버터가 먼저 나왔다.

: 비프 카레 [본디]

서비스로 나오는 감자와 버터는 손님의 배부른 식사를 위한 식당의 작은 배려라고 한다. 감자는 감자 맛, 버터는 버터 맛이었다. '음, 정직한 맛이군' 하며 맛을 보는 사이, 카레가 나왔다. '꼭' 먹어보라던 비프 카레가 눈앞에 있다. 친구 앞에는 치킨 카레가 놓였다. 수개월 동안 하지 않았던 식사 기도를 했다. "신이시여, 본디 카레를 먹을 수 있게 해주셔서 고맙습니다. 카레 소스를 만든 요리사를 축복하시고, 카레를 서빙하는 직원을 축복하시고, 밥이 된 쌀을 키운 농부를 축복하시고, 쌀을 포장할 포대를 만든 공장 직원을 축복하시고…" 감사의 기도는 평소보다 길었다. 모았던 두 손을 떼고, 카레 포트에 있는 작은 국자로 카레 소스를 퍼올렸다. 소스를 밥 위에 뿌리고 다시 숟가락으로 밥과 소스를 함께 떴다. 드디어 입에 넣었다.

　"으음. 음? 허허허허허."
　여기서 '으음'은 맛있다는 표현이다. '으음'은 채소, 과일의 자연스러운 단맛, 감칠맛, 향신료의 향을 느끼는 단계다. 그럼 다음에 오는 '음?'은 어떤 의미일까. 물론 '음?'도 맛있다는 뜻이다. 하지만 '으음'과는 다르다. 지금껏 한 번도 느껴보지 못한 맛으로 빠지는 단계다. 감칠맛, 풍미라고만 표현하기에는 뭔가 아쉽다. 롤러코스터를 타고 터널을 느린 화면으로 내려

가는 느낌이다. 들숨과 날숨이 불규칙하게 섞인, 실없는 미소
가 따라온다. '허허허허허.'

꼭 먹어봐야 하는 맛에 눈을 떴다. '으음-음?-허허허허허'
3단 추진체를 탑재한 본디 카레의 맛은 지구 대기권 밖으로
나를 쏘아 올렸다. 우주를 만난다. 새로운 세계. 내 입속에 숨
겨두었던 우주, 무한대.

일본 작가 쓰시마 유코의 소설 《묵시》 속 〈신비한 소년〉이라
는 단편이 떠오른다. 〈신비한 소년〉에서 어린아이는 엄마에게
숫자의 끝이 무엇인지를 묻는다. 억, 조, 경 다음에 오는 수가
무엇인지 잊어버린 엄마는 수의 끝은 무한대라고 답한다. 무
한대는 계속 이어진다는 의미이고 '이제는 더 셀 수 없다'는 뜻
이라고 엄마는 아이에게 설명한다.

소설 속 무한대의 정의는 계속 이어진다. 엄마는 아이에게
무한대를 설명하고 얼마 지나지 않아 또 다른 무한대의 정의
를 신문에서 읽는다. 숫자가 끝없이 길게 이어지면 마지막에
는 '신비하다'가 된다. 신문에서 엄마가 찾은 무한대의 새로운
정의는 '참으로 신비한'이다. '참으로 신비한' 본디 카레는 우주
처럼 끝없는, 무한한 카레의 세계로 내딛는 첫걸음이었다.

"처음에는 신비했고, 그 뒤로는 볼 때마다 아름다움을 느꼈

죠. 매번 보지만 전혀 질리지 않았어요."

　우연히 보게 된 인터넷 동영상 속 사람의 말이다. 그 주인공은 185일 동안 우주 생활을 한 영국인 우주비행사 팀 피크Tim Peake다. 우주에서 지구를 처음 본 피크 씨는 놀랐다. 거시적 관점에서 지구를 바라보았기 때문이다. 얇디얇아 보이는 대기층에 놀라고, 낮에는 사람 사는 흔적이 보이지 않았던 지구가 밤이 되면 도시의 불빛으로 반짝이는 모습에 놀랐다. 지역마다 다른 날씨의 변화와 오로라 덩어리 등을 다 본 후 놀라움이 가라앉을 때쯤, 지구의 작은 변화가 하나씩 눈에 들어온다고 했다. 미세하게 다른, 지구의 다양한 모습을 매번 새롭게 발견하며 질릴 틈이 없었다고 한다. 땅이 아닌 다른 위치에서 지구를 볼 때 가능한 일이다.

　우주에 간 기분과 비교하면 과장일지는 모르나, 내가 느낀 본디 비프 카레의 맛은 '참으로 신비했고', 우주와 같은 무한대의 세계로 나를 쏘아 올렸다. 우주에서 본 지구만큼이나 카레의 세계도 끝이 없다. 다양하다. 미묘한 차이가 있다. 매번 새로움을 발견한다. 질릴 틈이 없다. 우주만큼이나 앞으로의 내 이야기가 어디로 흐를지 모르겠다.

　다시 본디 카레 맛으로 돌아와 친구가 주문한 치킨 카레의 맛을 기억해본다. 중간 매운맛의 치킨 카레는 비프 카레 단맛보다는 칼칼한 편이었다. 채소와 과일의 단맛, 고기의 풍미를 느끼기에는 단맛이 더 적합한 듯했다. 친구는 "이야아아~"를 연발했다.

친구가 좋아하는 음식 목록에 카레는 없었다. 카레에 별 기대를 안 했던 친구다. 시장이 반찬이라고 '친구가 많이 걸어 배고파지면 카레를 맛있게 먹겠지'라고 생각한 건 혼자만의 착각이었다. 본디 카레의 진가를 모르고 저지른 무례한 행동이었다. 본디 카레가 말을 할 수 있다면, "넌 나에게 모욕감을 줬어" 하고 이야기했을지 모른다. 본디 카레는 배가 부르든 고프든, 카레가 좋든 별로든 맛있게 먹을 수 있다. 친구는 본디 카레처럼 도쿄의 다른 카레도 맛있냐고 물었다. 나도 먹어본 적이 없으니 사실대로 대답할 수 없었지만, "그렇다"고 했다. 첫 번째 도쿄 카레 여행에서는 이후 남은 네 번의 끼니 중 세 번 더 카레를 먹었다. 본디 카레 덕분이다.

카레의 다양성을 경험한 도쿄 카레 여행의 첫걸음은 본디의 비프 카레였다. 두 차례 더 다녀온 도쿄 카레 여행에서도 본디는 꼭 방문했다. 그리고 도쿄 여행을 가는 주변 사람들이 나에게 갈 만한 카레 식당을 물으면 이렇게 대답한다.

: 비프 카레 [본디]

"본디 꼭 가보세요. 비프 카레를 단맛, 아마구치로 드셔보세요."

'꼭'을 꼭 붙인다.

본디/ Bondy/ ボンディ

제1회 간다 카레 그랑프리에서 우승한 본디 카레를 먹고 배가 부르면, 소화할 겸 주변 진보초 고서점 거리를 구경하는 것도 괜찮다. 다양한 카레 식당 간판을 쉽게 볼 수 있다. 본디는 본점 외에 대여섯 곳의 분점을 두고 있다. 각 분점의 위치는 아래 웹사이트에서 확인할 수 있다. 씨푸드 카레도 먹어봤는데 씨푸드 카레에 들어간 버섯이 해산물만큼이나 맛있다. 진보초역에서 도보 3분 거리다. 건물 뒷문으로 들어가야 한다.

—

주소: 도쿄도 치요다구 간다 진보초 2-3 2층(진보초 본점)(2-3 Kanda Jinbocho Chiyoda Tokyo/ 東京都 千代田区 神田神保町 2-3 神田古書センター 2F)
영업시간: 매일 11:00~22:00(*코로나19 사태로 2020년 6월 1일부터 임시로 11:00~20:30 운영 중)
홈페이지: www.bondy.co.jp

빈 커리

평균을 벗어난 삶을 살더라도 괜찮아.

쓸쓸함은 반복된다.

가끔 찾아오는 쓸쓸함을 가쿠게이다이가쿠역에서 다시 만났다. 스파이스 쿠라시가 있는 가쿠게이다이가쿠역은 외로우면서도 힘찬 장소가 되었다.

스파이스 쿠라시를 알기 전, 가쿠게이다이가쿠역을 먼저 알았다. 영화 〈결혼하지 않아도 괜찮을까〉에서 주인공 수짱이 쓸쓸함을 절절히 느끼던 장소다. 30대에 들어선 수짱은 솔로다. 결혼 후 출산을 앞둔 친구와 기념사진을 찍고, 집으로 돌아오는 길의 수짱. 수짱 뒤로 '学芸大学駅가쿠게이다이가쿠역' 표지판이 보였다. 수짱은 슈퍼마켓 채소 진열대의 낱개 무 포장을 보며 '앞으로 혼자 살다 돈도 없고, 일도 없고, 의지할 사람도 없게 된 채로 늙으면 어떻게 될까?'를 생각한다. 고독하다.

수짱의 쓸쓸함에는 두려움이 포함되지 않았을까. 평균에서 벗어날 때 생기는 두려움. 예를 들면, '30대 중반을 넘기기 전에 결혼해야지' '돈은 이 정도 모아놓아야지' '결혼할 사람은 없어도 사귀는 사람은 있어야지' '결혼을 했으면 아이를 가져야지' 등등. '삶의 특정 단계에선 이래야 한다'는, 사회에서 당연시되는 시선에서 벗어날 때 생기는 두려움 말이다. 평균의 시선은 단계별로 삶 곳곳에 숨어 있다. 크게는 결혼, 작게는 머리 길이나 색상에도 이래라저래라 하며 사람을 수시로 서글프고 두렵게 만든다.

사실 쓸쓸함은 둘이 된다고 영원히 사라지는 감정은 아니다. 둘일 때도 외로움을 느껴본 적이 있다. 이젠 쓸쓸함을 삶에 종종 찾아오는 콧물감기 같은 일로 맞이한다. '어, 왔구나' 정도로 말이다. 물론 반갑지만은 않다.

예전에는 쓸쓸함을 맞이하는 나만의 방법이 있었다. 평균 범주에 정착한, 결혼한 지인의 이야기를 떠올렸다. 퇴근 후 피곤한 몸을 이끌고 집에 들어오면 반려자는 자신과 간단한 대화를 마치자마자 곧바로 헤드셋을 쓰고 게임을 시작한다고 했다. 자신과 말할 때는 감기던 눈이 말똥말똥해지고, '응, 아니, 모르겠어' 생존 어휘 3종 세트만 구사하던 사람이 게임 속

여러 사람과는 명사, 대명사, 조사, 전치사, 동사, 형용사 그리고 감탄사까지 섞어가며 말을 한다고 했다. 가상 세계에서 현실보다 더 생생하게 살아 있는 모습을 보면, '나는 누구인가, 여긴 어딘가' 생각하게 되고, 둘이 있어도 쓸쓸함을 느낄 때가 있다는 지인의 말을 기억한다. '그래, 혼자나 둘이나 살기 힘든 건 마찬가지야' '혼자가 나아' 하며 쓸쓸함을 달래지만, 결국 '서로를 그리워하는 존재와 관계'를 떠올리며 고개를 숙인다. 역시 다른 사람과의 비교로 위안이나 행복을 느끼려는 방법은 해롭다. 더는 남과의 비교로 쓸쓸함을 달래진 않는다. 쓸쓸함을 조용히 마주한다.

어쨌든 퇴사를 하며 '당분간 결혼은 안 하겠다'고 생각했다. 임시 결혼유예 정책을 스스로 시행했다. 매도 먼저 맞는 게 낫다고, 외로움 느끼기 예습 겸 수짱이 느낀 절절한 쓸쓸함을 느껴보고 싶었다. 그러던 와중에 〈RICE〉 잡지에서 글을 하나 읽었다. 회사에 다니다 가쿠게이다이가쿠역 근처에 향신료 카레 가게를 차린 분의 이야기다. 가게 이름은 '스파이스 쿠라시 すぱいす暮らし'. 한국어로 번역하면 '향신료 삶' '향신료 생활' 정도다. 30대가 되고도 결혼하지 않아 평균을 벗어난 영화 속 수짱의 쓸쓸함도, 다니던 회사를 그만두고 카레 가게를 열어 자발적으로 평균에서 벗어난 현실 속 스파이스 쿠라시의 힘도 모두 느껴보고 싶었다.

　늦잠이다. 열한 시가 넘었다. 준비하고 나오니 열두 시를 넘겼다. 스파이스 쿠라시가 위치한 가쿠게이다이가쿠역에는 한 시가 지나 도착했다. 영업 시작인 열두 시에 맞춰 도착하기로 한 계획은 물거품이 되었다. 알람을 듣고도 계속 자버린 나를 원망했다. '다른 날은 알람 없이도 일곱 시면 눈이 떠지는데, 오늘은 왜 늦잠을 잤을까?' 하고 자책했다. '누가 옆에 있었으면 깨워주지 않았을까?' 하는 아쉬운 마음도 들었다. '혼자가 좋다. 그렇지만 누군가 옆에 있으면 더 좋겠다'는 생각이 잠시 스쳤다. 가쿠게이다이가쿠역에 도착하기도 전에 쓸쓸함을 절절히 느꼈다. 두 시에 가까워졌으니, 재료가 다 소진되진 않았을까 걱정됐다. 열차가 역에 도착하자마자 스파이스 쿠라시를 향해 시속 8킬로미터로 걸었다.

　가게 앞에서 멈칫했다. 조용한 것이 점심 영업을 마친 듯 보였다. 일단 들어갔다. 다행이다. 사장님이 문에 가까운 바 좌석에 앉으라고 손을 내민다. 메뉴를 가져다준다. 영어 메뉴가 있는지 물었다. 영어 메뉴는 없다. 사장님은 메뉴에 적힌 글자를 하나씩 읽어주셨다. 빈 커리는 한문으로 콩 두豆가 적혀 있어 알 수 있었다. 사장님은 영어로 빈 커리라고 설명해주셨다.

: 빈 커리 [스파이스 쿠라시]

점심에는 커리와 음료가 같이 나온다. 포크, 치킨, 빈. 세 가지 커리가 있다. 빈 커리에 치킨 커리가 추가된 메뉴를 골랐다. 음료는 라씨와 차이티 중 차이티를 선택했다. 점심 영업 마감인 세 시까지는 한 시간 정도 남았다. 여유롭게 커리를 먹을 생각에 마음이 차분해졌다.

조용하다. 가게 안에서 들을 수 있는 소리는 다섯 손가락으로 셀 수 있다. 명상할 때 들어야 할 것 같은 몽롱한 뉴에이지 음악, 주문을 하고 받는 소리, 가끔 손님끼리 주고받는 소곤소곤한 말소리, 접시에 부딪히는 숟가락 소리가 전부다. 조용하다 못해 고요한 분위기에서 묘하고 힘찬 기운이 느껴진다. 사장님은 앞치마를 두르지 않았다. 자신감이 넘쳐 보인다. 커리 소스가 옷에 튀면 어떡하나 걱정했지만, 곧 사장님의 행동을 보고 걱정을 접었다. 사장님 옷에 소스가 튈 일은 없을 것 같았다.

사장님의 행동은 절도 있다. 품격 있다. 마치 에너지를 최소한으로 사용하려는 듯한, 느리고 절제된 움직임이다. 냉장고 문을 열 때도, 커리 소스를 큰 냄비에서 작은 냄비로 옮길 때도, 그릇을 씻을 때도. 입을 열진 않지만, '이제 냉장고 문을 열겠습니다' '소스를 냄비에 담겠습니다' '수도를 틀고 접시를 닦겠습니다' 하고 조용히 안내하는 듯한 동작이다. 사소한 동작이 모두 진지해 보인다.

그럴만하다. 잡지에서 본, 사장님이 카레 가게를 시작한 이야기를 떠올리면 진지한 사장님의 움직임이 이해된다. 사장님은 회사원이었다. 자기가 앞으로 식당을 열거나 음식과 관련된 일을 할 거라고는 상상하지 못했다. 집에서 카레를 만들다 향신료의 매력에 빠졌다. 다양한 향신료 요리를 만들면서 가끔 친구들을 집으로 초대했다. 반응이 좋았다. 주말에 쉬는 식당을 빌려 자신의 향신료 요리를 팔아봤다. 그렇게 주말마다 음식을 만들어 팔다 자기 가게를 차렸다. 가게 이름대로 '향신료 삶'을 살게 되었다. '내 요리가 누군가의 신체 세포가 되기에 좋은 재료를 쓴다'는 사장님의 생각만큼이나 가게의 분위기는 진지하고 차분했다. 차분한 사장님이 만드는 커리 맛이 궁금했다.

커다란 접시가 앞에 놓였다. 접시의 반은 포슬포슬한 밥이, 나머지는 노랑에 연한 초록을 조금 머금은 색의 커리 소스가 차지한다. 옥수수, 녹두, 병아리콩과 이름을 모르는 두 가지 콩이 들어가 있다. 주황빛을 내는 치킨 커리는 조그만 그릇에 따로 담겨 나오고 그 위에 고수잎이 올려져 있다.

: 빈 커리 [스파이스 쿠라시]

빈 커리의 맛은 차분하다. 은은하게 퍼지는 향신료 향과 콩의 담백한 맛이 고요한 가게 분위기를 닮았다. 온화하다. 누군가는 싱겁다고 말할 것 같은 맛이 새로웠다. 간이 세지 않아서 먹고도 더부룩하거나 부담스럽지 않았다. 토마토 베이스의 치킨 커리의 향과 간도 다른 카레 가게보다는 약한 편이었다. 그럼에도 분명 자기만의 맛이 있다. 산뜻하고 과하지 않은, 미묘한 향신료의 조화가 느껴진다. 향신료 커리는 같은 레시피라도 볶는 타이밍, 재료의 원산지, 만드는 사람의 손길에 따라 맛이 달라진다. 스파이스 쿠라시의 커리는 사장님의 온화한 기운을 그대로 이어받은 듯하다. 특히 은은한 계피와 생강 향이 감도는 치킨 커리는 다시 나를 찾아오라고 말하는 듯했다.

접시를 거의 비워갈 무렵, 사장님이 슬그머니 차이티를 건넨다. 진하다. 다른 카레 식당 서너 곳에서도 차이티를 마셨지만 스파이스 쿠라시의 차이티가 기억에 남는다.

조용한 공간, 자극적이지 않은 향과 간의 커리 덕분에 40분 가까이 편안한 식사를 했다. 건강한 맛과 차분한 분위기에 몸과 마음이 회복되는 느낌이다. 무엇보다 평범한 삶을 사는 대신 향신료 삶을 선택한 사장님의 고요하고 힘 있는 모습을 보고 위안을 얻었다. 새로운 경험을 해봐야지 마음먹고 한 달 전

무작정 회사를 그만둔 나를 잠시 위로했다. '평균을 벗어난 삶을 살더라도 괜찮아' 하고 스스로 응원했다. 차분한 마음과 힘을 얻어 가게에서 나왔다.

차분한 마음은 잠시 후 식당 근처 슈퍼마켓에서 순식간에 사라졌다. 영화 〈결혼하지 않아도 괜찮을까〉에서 수짱이 본 한 개씩 포장된 무는 슈퍼마켓에 없었다. 대신 손을 잡고 장을 보는 연인, 슈퍼마켓 앞에 자전거를 세우는 엄마와 어린아이, 과일을 파는 노부부가 보였다. 다음으로는 혼자 있는 내가 눈에 들어왔다. '이젠 직장이 없으니 결혼하긴 더 힘들겠지. 소개팅도 안 들어오겠지. 이렇게 늙어 일도 없어지고, 돈도 떨어지고, 의지할 사람도 없으면 어떻게 될까?'를 고민했다. 영화 속 수짱처럼 쓸쓸한 기분을 느꼈다. 이런. 다음에는 연인과 함께 오고 싶다. 스파이스 쿠라시의 커리를 먹고 가게를 나와 거리를 걸을 때 쓸쓸함을 안 느껴보고 싶⋯. 눈물이 앞을 가려 더는 못 쓰겠다. 으흐흑.

어쨌든 스파이스 쿠라시의 커리를 먹는 동안은 쓸쓸함을 못 느꼈다. 커리의 힘이다. 편안한 커리의 맛, 잠잠했던 순간을 다시 느끼고 싶어 또 가고픈 스파이스 쿠라시다. 둘이 가면 좋겠지만, 혼자여도 좋다. 내겐 커리가 있다. 으흐흐흑.

: 빈 커리 [스파이스 쿠라시]

스파이스 쿠라시 / Spice Kurashi / すぱいす暮らし

가쿠게이다이가쿠역 동문에서 도보로 2분 거리다. 작은 공간으로 열 명 정도 들어갈 수 있다. 소곤소곤 이야기하는 고요한 분위기로 혼밥을 먹거나 둘이서 가기를 추천한다. 간이 약한 편이라 맵고 짜게 먹는 사람에게는 싱겁게 느껴질 수도 있다. 차이티는 향이 진한 편이다.

—

주소: 도쿄도 메구로구 다카반 2-20-14(2-20-14 Takaban Meguro Tokyo/ 東京都 目黒区 鷹番 2-20-140)
영업시간: 수~일 저녁 18:00~22:00(내가 방문했을 때는 점심에도 문을 열었지만, 지금은 저녁 영업만 한다)/ 월·화 휴무
인스타그램·페이스북: @spicekurashi

—

카레와 면

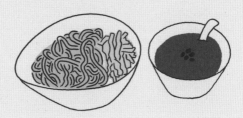

오늘부터는 실수를 반갑고 유쾌하게 받아들이기로 했다.

숨을 크게 들이켠다.

제대로 온 건가. 이런 좁은 골목 안에 카레 식당이 있으려나. 한 번 더 숨을 삼키며 골목에 들어서자 빨간 문이 보인다. 카레 식당 마구간이다.

'마구 먹는 공간'의 줄임말이라고 한다. 바 좌석만 있다. 바쁜 점심시간, 바에 자리를 잡고 카레를 먹는 사람들을 보면 한 줄로 서서 여물을 뜯는 소나 말처럼도 보인다. 일렬로 앉아 사장님이 주는 카레를 마구마구 먹으니 마구간은 사전적 의미와 사장님이 지은 의미 둘 다에 충실한 공간인 듯하다.

마구간에는 보통 점심시간인 12시보다는 조금 이른 11시 15분에 도착했다. 점심시간까지는 30분이 넘게 남아서일까. 아직 아무도 없었다. 입구에 있는 기계로 주문을 하고 여덟 명 정도가 앉을 수 있는 'ㄴ'자 형태의 바 좌석 한가운데에 앉았다. 가게 안은 조금 어둡지만, 바 건너편으로 주방이 훤히 보인다. 카레와 함께 주문한 돈가스가 '촤아아아' 하며 튀김기 안의 기름에 몸을 담그는 소리, 잠시 뒤 '서걱서걱' 썰리는 소리가 들린다. 돈가스는 접시에, 밥과 카레는 오목한 그릇 두 개에 따로 담겨 나온다. 사진을 찍으려고 카메라를 들었다.

"잠깐만요! 그릇에 물이 안 떨어졌죠? 확인해볼게요!"

놀랐다. 갑작스러운 말에 놀랐다기보다는, 자신의 생각을 망설임 없이 이야기하는 사장님의 씩씩함에 놀랐다. 나에겐 없는 당당함이었다. 당당한 사장님의 말을 듣고 그릇에 물이 떨어졌는지 확인했다. 물 묻은 그릇은 없었다. 카레 사진을 무사히 찍고, 잠깐 놀랐던 가슴을 가라앉혔다. 당당한 기운이 담긴 카레를 먹기 시작했다.

카레 소스는 일본식 카레와 비슷하다. 진한 밤색이다. 일본식 카레와 비슷해 보이나 뭔가가 다르다. 묽다. 일본식 카레 소스라고 하기엔 조금 묽고, 라멘 국물이라고 하기엔 걸쭉한 점도다.

시원하다. 분명 카레이기는 하나 카레 향보다 시원한 맛이 강하다. 소스만 먹으면 조금 짠데 밥과 먹으면 괜찮다. 세 번째 숟갈을 뜨며 '이 카레 소스는 면이랑 먹으면 맛있겠다'는 생각을 할 때, 세 명 손님 한 팀과 두 명 손님 두 팀이 몰려왔다. 기계로 주문을 마친 손님들은 자리에 앉지 못하고 있었다. 혼자 온 내가 바 좌석 가운데 앉아 있었다. 그들이 같이 앉을 수 있는 자리를 갈라놓고 있었다.

먹는 도중 자리를 옮기는 건 내게 큰 문제가 아니다. 더 많은 사람이 어서 카레를 먹는 일이 중요하다. 구석으로 자리를 옮겼다. 사장님이 자리를 옮겨줘서 고맙다고 음료수를 주셨다. 조용히 다시 카레에 집중했다. 오묘하게 시원하다. 다시 맛봐도 밥보다는 면이 어울리는 소스다. '카레 소스가 착 달라붙은 면발을 쉴 새 없이 들이키고 싶은 맛이네' 하며 먹는데 나를 놀라게 했던 당당한 목소리가 또 들린다.

"앗! 새우튀김이 빠졌네요! 잠시만 기다려주세요. 카레부터 먼저 드릴게요!"

갑자기 손님이 몰려 바빠진 사장님은 다른 손님의 토핑 주문을 깜빡 잊은 듯하다. 그런데 기운 넘치는 목소리 덕분일까. 실수가 실수처럼 느껴지지 않는다. 당당한 태도를 부러워하는 찰나, 사장님의 또 다른 힘찬 목소리가 들렸다.

"엇! 반숙 달걀 시키셨죠? 제가 빠트렸네요. 죄송합니다! 하하! 반숙 달걀 여기 있습니다!"

이미 주문한 메뉴를 받은 손님에게 사장님이 당당한 말투를 건넨다. 말투만 건네지는 않는다. 아직 깨지 않은 반숙 달걀을 손님에게 건넨다. 엉겁결에 달걀을 받아든 손님에게 사장님이 다음 대사를 읊는다. 이번에는 질문이다.

"직접 깨보시겠어요?"

손님은 당황한 눈빛으로 사장님을 쳐다보며 어떻게 깨면 되는지를 나지막한 목소리로 물었다.

"집에서 깨는 것처럼 똑같이 깨면 돼요!"

속으로 생각했다. '집에서 달걀을 깨본 적이 없는 분이면 어떡하지.' 괜한 걱정이었다. 손님은 집에서 달걀을 깨본 적이 있는 듯했다. 힘이 넘치는 사장님의 응원에 맞춰 무사히 달걀을 깼다. 사장님은 손님에게 잘한다는 칭찬을 아끼지 않았다.

사장님의 자신감에는 끝이 있을까? 실수 따위는 전혀 두렵지 않은 듯하다. 나와 다른 부류다. 실수를 하거나 혹시라도 잘못된 결정을 할까 두려워 아무것도 못 하던 나와는 정반대의 모습이었다. 단순히 성격이 내성적이거나 외향적이어서 생기는 차이는 아니었다. 사장님의 당당함을 보며 '실수를 해도, 잘못을 저질러도, 씩씩할 수 있구나' 하고 생각했다. 시원했다.

답답했다. 나만 제자리인 듯했다. 그래픽디자인을 처음 배운 십여 년 전보다 모든 게 빠르게 흘렀다. 인터넷 속도만 해도 그렇다. 빨라진 인터넷 속도 덕분에 인쇄소에 직접 가지 않고 고용량 인쇄 파일을 웹하드에 올릴 수 있다. 시간이 줄고 불편함도 줄었다. 새로운 편리함에는 대가가 따랐다. 언제 어디서든 디자인 파일을 빠르고 손쉽게 보낼 수 있는 새로운 환경에 고객도 빠르게 적응했다. 종종 밤과 주말에도 고객에게 시안을 보내는 삶을 보냈다. 새로움이 주는 편리함이 있지만, 가끔은 끝마친 작업 파일을 CD에 굽는 동안 멍하니 차를 마시던 시간이 그립기도 했다.

퇴사를 했을 때 '퇴사를 생각해야겠다'는 결정은 업무용 메신저가 거들어줬다. 회사에서 새로 사용한 업무용 메신저는 미국 스타트업 회사에서 만들었다. 새로움에 빠르게 적응하는 수많은 회사가 사용한다. 지난 모든 메시지를 검색할 수 있고, 한 번 올린 파일은 시간이 지나도 지워지지 않는다. 구글 드라이브나 업무 생산성을 높이는 다른 애플리케이션 서비스와도 쉽게 연동되어 이전보다 편했다. 새 업무용 메신저처럼 회사에는 변화가 많았다. 새로움에 적응하는 데 모두가 열심이었다. 나를 빼고 다들 새로워지는 것 같았다. 메신저에는 새로운 기술, 디자인 소식, 영감을 주는 글들을 서로 나누는 그룹 대화방이 있었다. 읽으면 도움이 되는 새로운 이야기가 수시로 그룹 대화방에 올라왔다. 동료들은 바쁨 속에서도 주체적으로 새로움에 적응했다. 당장 오늘 할 일 처리도 버거워하는 나를 동료와 비교했다. 다른 사람과 나를 비교할수록 자신감이 점점 사라졌다.

　새로움과 변화 앞에서 두려워할 때 카레가 떠올랐다. 살면서 계속 변화해야 한다면, 변화를 따라가는 노력에 시간을 쏟기 전에, 더 늦기 전에 한 번쯤은 내가 좋아하는 것에 온전한 시간을 써보고 싶었다. 지금이 아니면 안 될 것 같았다. 일 년 정도는 카레에 집중해보기로 하고 퇴사를 결정했다. 퇴사를 하고 프리랜서 생활을 하며 회사에 다닐 때보다 일하는 시간을 줄였다. 카레와의 시간을 늘렸다. 도쿄로 카레 여행을 다녀오고, 여행에서 만난 카레들을 블로그에 기록하기 시작했다. 번역기를 돌려가며 일본에서 산 카레 요리책에 나온 레시피를 연습했다. 도쿄 카레 여행의 기억을 담은 에세이를 독립출판물로 만들었다. 이런 카레 생활을 한 지 6개월이 지났을 때쯤 간 곳이 마구간이었다. 그리고 시원한 카레와 당당한 목소리를 만났다.

　사장님의 당당함은 계속됐다. 사장님의 유쾌한 당당함을

처음 목격한 지 몇 달 뒤였다. 카레와 면을 먹으러 갔다. 사장님은 가게에 있던 다른 손님에게 오늘 정말 재밌는 일이 있었다고 말하며 웃었다. 가게 열쇠를 집에 두고 와서 다시 집에 다녀오느라 영업을 조금 늦게 시작했다는 이야기를 가게가 떠나갈 정도로 신나게 웃으며 했다.

실수를 유쾌하게 말하는 모습이 존경스러웠다. 회사 일을 할 때 작은 실수라도 있을까 전전긍긍하던 나를 떠올렸다. 내가 한 결정이 틀릴까 봐 결정을 피할 때도 있었고, 종종 저지른 실수에 몇 날 며칠을 힘들어했다. 웃으며 실수를 이야기하는 사장님을 보며, 나는 '왜 실수를 당당하게 마주하지 못했을까' '실수가 두려워 왜 아무것도 하지 않았을까'를 생각했다. 내가 바꿀 수 없는 과거가 있지만, 오늘부터는 실수를 반갑고 유쾌하게 받아들이기로 했다. 틀린 결정을 해도 웃어넘길 수 있는 자신감을 가져보기로 마음먹었다. 몇 달 뒤에 퇴사했던 회사에서 다시 함께 일하자는 요청이 왔다. 재입사 결정은 카레가 거들어줬다. 정확히 말하면 마구간 카레의 시원함과 사장님의 존경스러운 당당함 덕분이다.

실수를 두려워했던, 새로움과 변화에 맞춰가느라 벅찼던 회사에서 조금 다르게 살아보기로 했다. 실수를 해보고 싶었다. 나를 실험해보자는 마음으로 재입사했다. 회사에 다시 들어가니 역시나 벅차다. 실수도 종종 한다. 실수나 실패 속에서도 당당해지기 위해 무언가를 조금씩 다르게 해본다. 표현 하나를 바꾸는 것으로 시작했다.

지난 삶은 '○○ 같아요'로 가득했다. "좋은 것 같아요." 이상할 건 없으나 조금 자신 없어 보이는 말이다. 카레를 좋아하게 되면서, 적어도 카레를 이야기할 때만큼은 '같아요'를 붙이지 않기 시작했다. "카레가 좋아요"라고 말할 수 있다. 다양한 카레 안에서도 나의 취향을 분명히 말한다. 단맛도 좋지만, 요즘에는 감칠맛과 신맛이 강한 카레가 좋다.

카레 덕분에 분명해진 말투를 회사에서 써보기 시작했다. '좋은 것 같아요' 대신에 되도록 '좋겠어요'나 '좋다고 생각해요'를 쓴다. 작고도 큰 변화다. 전에는 다른 사람에게 부정적으로 들릴 수 있는 의견이나 반대 의견을 말하기가 어려웠다. 내 생각을 분명히 말하지 못했다. 아예 말을 꺼내지 않은 적도 많다. 이제는 말한다. 상대를 존중하며 "저는 이렇게 생각해요"나 "다르게 생각해볼 수 있지 않을까요"라고도 한다. 카레를 만나고 카레를 좋아하는 마음을 분명히 표현해보기 전에는 하지 못했던 말이다.

대단하지는 않아도 카레를 만나 생기는 변화가 있다. 조금씩 새로워진다. 마구간의 카레와 면을 먹으며 조금 당당해지기로 마음먹을 수 있었다. 덕분에 알았다. 가끔은 일을 잘 못해도, 실수를 해도 괜찮다는 걸. 변화를 조금 느리게 따라가도 나는 괜찮다는 걸.

오늘의 나에게 필요한 것은 실수를 두려워하는 걱정이 아니라 실수를 반갑게 맞이하고 웃어넘길 줄도 아는 씩씩함이 아닐까.

마구간

시원한 육수가 들어간 카레 소스에 밥이나 면을 선택해 먹을 수 있다. 2020년 5월 이후부터는 새로운 장소에서 '브라운코트'라는 이름으로 영업 중이다. 공간도 '마구간' 시절보다 커지고 바 테이블 외에 2인, 4인 테이블도 생겼다. 카레 외에 하이라이스와 디저트, 커피 메뉴가 새로 생겼다. 예전 마구간에서 반숙 달걀을 사장님이 깨주던 방식은 손님이 직접 깨서 카레에 넣는 방식으로 바뀌었다. 주차장은 따로 없다.

—
주소: 서울특별시 중구 퇴계로39길 19 4층(충무로4가 149-7)
영업시간: 월~금 11:00~22:00/ 토·일·공휴일 14:00~22:00
인스타그램: @magukan_brown
—

일본식 카레라이스

외로움이 지나간 자리를 다양한 기분으로 채운다.

아라키로 향하는 길은 외롭지 않았다.

옆에 누군가가 있어서였을까. 카레를 만나러 가는 길이었기 때문일까. 외롭다의 예를 보여주는 문장은 보통 혼자가 된 상황을 말했다. 외로움. 내겐 좋기도 하고 나쁘기도 한 기분이다. 혼자 있으면 종종 외로움을 느낀다. 외로움에 울적해지다가도 내향성이 강한 나는 마음이 차분해지는 힘을 얻는다.

외로운 상황이 싫기보단 고마울 때가 더 많다. 혼자 있는 시간이 길어져도 어색하지 않은 나를 이상하게 여기기도 했다. 일부러 사람이 많은 자리에도 가봤다. 사람들 속에서나 사람들을 만나고 돌아오는 길에도 외로움은 종종 나타났다. 내게 외로움은 사람의 숫자로 해결되는 문제가 아니었다. 혼자일 때 주로 찾아오는 모호한 기분을 어느 정도 반갑게 맞이할 수 있었다. 모호한 기분에 익숙해졌어도 외로움을 무엇이라

설명하기는 어렵다.

사전은 외로움을 '쓸쓸함'이라 말한다. 또 쓸쓸함을 찾으면 '적적함'이 나온다. 다시 적적함을 찾으면 '조용하고 쓸쓸함'으로 돌아온다. '심심하다'도 붙는다. 외로움은 쓸쓸함과 적적함이 돌고 도는 끝이 없는 듯한 기분이다.

일본식 카레라이스가 있는 식당, 아라키로 향하는 길은 끝이 없는 듯했다. 경주 시내에서 차를 타고 20분 정도 남쪽으로 가면 논밭이 나온다. 논밭이 양옆으로 펼쳐진 길을 지나 굽이굽이 서너 번 길을 꺾는다. 아라키에 가까워질수록 길이 좁아진다. 이렇게 외진 곳에 카레 식당이 있을까 싶다. 작은 검정 기와집이 보인다. 자갈밭 주차장에 차를 세운다. 카레를 먹으러 온 두 사람을 멀뚱히 쳐다보는 아라키의 두 반려견에 인사하고 가게로 들어갔다.

아담하다. 2인 식탁 두 개, 4인 식탁 두 개가 있다. 4인 식탁에서 손님 두 명이 카레를 먹고 있다. 우리는 비어 있는 4인 식탁에 앉았다.

아라키는 두 분이 함께 운영한다. 일본인인 한 분은 카레를 만들고 다른 한 분은 그릇 준비와 서빙을 한다. 나는 반숙 달걀을 추가한 한우 카레라이스를, 함께한 사람은 치즈가 올라

: 일본식 카레라이스 [아라키]

간 한우 카레라이스를 시켰다. 주위를 둘러보며 카레를 기다리는 일이 남았다. 공간이 평범한 듯 독특하다. 천장이 높다. 높은 천장을 두고 기다랗게 이어진 가게 양 끝에는 사다리로 올라갈 수 있는 2층 공간이 있다. 이 기와집이 두 분이 사는 공간이자 카레를 파는 식당이라고 소개하는 글을 인터넷에서 봤다.

가게 한쪽에 있는 난로 위 주전자를 보면 마음이 차분해진다. 잔잔한 가게 분위기에 맞춰 조용히 멍을 때리다 보니 카레가 나온다. 일주일에 3일, 점심에만 문을 여는 아라키에는 햇볕이 잘 든다. 가게를 가득 채운 햇볕 덕분에 모락모락 김이 피어오르는 흰쌀밥과 카레 소스가 더욱더 따뜻해 보인다. 먹음직스럽다. 당근, 감자, 고기, 반숙 달걀로 드문드문 고개를 내민 소스의 겉면이 가게 분위기만큼이나 고요하다. 특별한 사고 없이 지내온 듯한 지극히 평범해 보이는 카레다.

눈으로 보는 기분과 혀로 느끼는 기분이 비슷하다. 수수하다. 자극적이지 않고 담백하다. 짜지도, 달지도, 그리 맵지도 않다. 가게 분위기처럼 담담한 맛이다. 당근, 감자, 고기, 반숙 달걀. 각 재료의 맛이 잘 느껴지도록 은은한 카레 향이 돕는다. 감자가 맛있다. 겉은 약간 바삭하면서 단단한데 속이 포슬포슬하고 보드라웠다. 담담한 카레 향과 잘 어울려 한층 더 포근하게 느껴졌다. 식사를 마치고 계산할 때 감자가 맛있다고 말했더니 감자는 오븐에 한 번 구운 다음에 카레 소스에 넣는다고 알려주셨다.

포근한 카레라이스를 맛보니 메뉴판에 적힌 카레우동 맛이 궁금했다. '둘 중 한 명은 카레우동을 시킬 걸 그랬나.' 조금 아쉬웠다. 같이 온 사람도 나도, 카레라이스가 먹고 싶었다. 한 명은 카레우동을 먹을까 얘기도 했지만, 결국 둘 다 카레라이스를 시켰다. 혼자 왔으면 두 가지 메뉴를 다 맛볼 생각도 안 했을 테고, '둘 중 한 명은 카레우동을 시킬 걸 그랬나' 하는 소심한 후회를 안 했을지 모른다.

혼자보다는 둘이 낫다는 말. 누가 먼저 했을까. 부모님, 친척, 친구에게서 한 번씩은 들었다. "결혼해야지. 나이 들어서 어떻게 하려고" "원수 같아도 옆에 누군가 있는 게 보기 좋다" "늦기 전에 만나야 한다" 등. 혼자면 안 된다는 소리는 다양했다. 둘이어서 생기는 고민이 혼자일 때의 불안보다 낫다는 이야기도 있었다. '이게 정답이야'라는 투의 말을 들으면 마음이 뒤숭숭했다. 규칙에서 벗어나는 느낌이었다. 그래도 외로움이나 쓸쓸함을 해결하고자 누군가를 만나지는 않기로 마음먹었다. 외로움에 익숙해진 뒤로는 주변의 소리가 마음에 오래 남지 않았다. 혼자도 괜찮았다. 외로움으로부터 도망치기가 목적이 아닌, 자연스러운 만남도 있겠거니 생각했다. 삶에는 혼자냐 둘이냐 보다 중요한 것이 있다고 믿었다.

소중했다. 또렷한 기분이었다. 카레가 좋았다. 사람은 아니지만, 카레에 반응하는 내가 있었다. 카레의 맛에, 가게의 분위기에 따라 어떤 기분을 느끼고 행동하는 순간이 행복했다. 외롭지 않았다. 외로움을 무엇이라 정확히 말할 수는 없어도 외로움의 반대는 반응하는 기쁨이 아닐까 생각했다. 카레를 만나면서 내가 어떤 대상을 좋아할 때 느끼는 기분을 찬찬히 살펴볼 수 있었다. 설렌, 수줍은, 반가운, 산뜻한, 신비한, 상쾌한, 황홀한, 흥미로운…. 이밖에도 여러 기분을 만났다. 카레가 아닌 무언가에도 조금씩 반응하기 시작했다. 나도 잘 몰랐던 나의 기분을 하나씩 찾다 보니, 내가 원하는 기분이 깃든 순간들로 삶을 조금씩 채울 수 있었다. 혼자냐 둘이냐 하는 숫자보다, 나의 마음을 알아주는 내가 중요했다.

연인이든 친구든 스스로든, 어떤 관계든 내 기분을 알아차리는 움직임이 필요하다. 나의 기분을 알고 나누면 삶이 조금씩 자연스러워진다. 흥미롭다. 반응하는 기쁨을 나누는 대상은 사람일 수도, 카레나 다른 무언가일 수도 있다. 종종 찾아오는 외로움은 감기나 두통처럼 자연스레 받아들이고 흘린다. 다가온 쓸쓸함에 푹 빠져 있다가도, 곧바로 외로움이 지나간 자리를 다양한 기분으로 채운다. 카레에 반응하는 다채로운 기분을 느끼는 시간은 기쁨으로 가득했다. 적적할 틈이 없었다. 삶을 즐기는 나만의 생활 방식이 있었다.

아라키에서 카레를 만났다. 기분을 나누는 사람이 있었다. 내 앞의 카레와 사람에 반응했다. 다음엔 카레우동의 기분을 나누고 싶다.

: 일본식 카레라이스 [아라키]

아라키

경주 시내에서 차로 20분 정도 걸리는 곳에 있다. 한적한 곳에 있기에 카레를 먹고 잠시 멍하게 있다 오기 좋다. 평범하고 정성이 깃든 한우 카레라이스와 카레우동, 두 가지 메뉴가 있다. 슬라이스 치즈나 반숙 달걀 토핑을 고를 수 있다. 마당에 반려견이 있는데 사납지 않다. 주차장이 있다.

—

주소: 경상북도 경주시 남산예길 127-13(남산동 108-3)
영업시간: 금~일 점심 11:00~15:00, 저녁 영업 없음/ 월~목 휴무

—

한국식 카레라이스

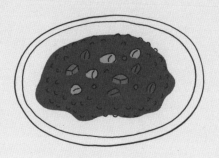

평범했고 소중했던 기분을 느끼고 싶다.

죽기 전에는 어떤 카레가 먹고 싶을까.

카레를 좋아한 지 몇 년이 흘렀다. 공기식당의 버터치킨 커리. 도쿄 카레 여행에서 맛본 본디의 비프 카레. 이외에도 인상 깊었던 카레를 하나씩 떠올리는 시간은 꽤 길다.

사람은 자신이 언제 죽을지 알 수 없지만, 큰 병이나 사고가 나지 않는다면 나는 대략 오십 년 정도는 더 살지 않을까 싶다. 지금까지 맛본 인상 깊은 카레에 앞으로 오십 년 동안 만날 새로운 카레까지 더하면, 죽기 전에 먹고 싶은 카레를 고르는 일은 어려울 수도 있다.

마지막 카레는 언제 먹을지 모른다. 그럼 언제 처음 카레를 먹었을까. 아마 노란 버스에 오르던 유치원생 시절이 아니었을까. 카레를 처음 먹은 날은 기억할 수 없지만, 처음 먹은 카레 종류는 알 수 있다. 오뚝오뚝 일어나는 장난감 이름을 딴 회사에서 만든 카레 카루를 사용한, 유난히 노란 한국식 카레라이스다. 초등학생 시절을 거쳐, 어느 정도 클 때까지 먹은 카레는 노란 한국식 카레라이스가 전부였다.

몇 년 전 카레를 좋아하고 나서부터는 다양한 카레를 찾는다. 새로운 카레를 만나는 일은 설레지만, 가끔은 평범하고 단순한 카레라이스가 그립다. 한국식 카레라이스가 그리울 때는 동경우동에 간다. 동경우동은 도쿄에 없다. 서울 을지로에 있다.

스물다섯에 그래픽디자이너로 사회생활을 시작했다. 시안 책자를 만들려고 충무로 인쇄소에 갔다. 인쇄소에 디자인 파일과 제작 사양을 전달하니 책자를 받기까지 한두 시간이 남았다. 같이 간 선배 디자이너가 점심을 먹자며 데려간 곳이 동경우동이었다. 두 시가 넘은 늦은 점심시간인데도 식사를 기다리는 줄이 있었다. 줄은 빨리 없어지다가 다시 길어지기를 반복했다. 신기했다. 5분 정도를 기다리다 식당 안으로 들어가니 재빠르게 식사를 하는 사람들이 보인다. 서빙을 하는 직원들의 움직임도 빠르다. 열 명 정도가 비좁게 앉은 작은 공간에서 손님이 수시로 바뀐다. 카레를 좋아하기 전이었다. 나와 선배는 오뎅우동을 먹었다. 유부초밥도 주문해 나눠 먹었다.

: 한국식 카레라이스 [동경우동]

바쁘게 우동을 들이켜는 손님들을 따라 뜨거운 우동을 허겁지겁 먹다가 입천장이 다 데었다. 십 년 전 일이다.

　이제 동경우동에 가서 입천장을 델 걱정은 없다. 동경우동에 가면, 우동보다 덜 뜨거운 카레라이스를 먹기 때문이다. 동경우동에는 세 가지 카레 메뉴가 있다.

　카레라이스, 카레우동 그리고 메뉴 이름을 말하면 직원분이 "여기 콤비 하나!"라고 이름을 줄여 외치는, 우동과 카레라이스를 같이 먹을 수 있는 우동카레콤비가 있다. 셋 중 뭘 먹을지 갈 때마다 고민한다. 대부분은 욕심을 덜고 카레라이스 단품을 먹는다. 음식이 나오는 속도는 카레라이스가 가장 빠르다. 카레우동처럼 면을 삶지 않아도 된다. 밥을 접시에 담고 만들어둔 카레 소스를 붓기만 하면 끝이다. 주문을 하면 거의 1~2분 안에 나온다. 넓은 접시에 눈처럼 새하얀 쌀밥이 소복이 담긴다. 숟가락 하나를 꽉 채울 정도로 큼직한 감자와 당근, 조그맣게 썬 애호박이 들어간 카레 소스가 새하얀 밥알 사이사이를 흥건히 물들인다. 냄비에서 푹 끓인 카레다.

　평범하다. 집에서 먹던 노란 카레의 맛을 언제나 기대할 수 있다. 밥 먹는 속도가 느린 나는, 순식간에 음식을 해치우고 자리를 비우는 다른 손님들을 보면 마음이 급해진다. 평소보다 숟가락질이 빨라진다. 씹는 속도는 빨라지고, 씹는 횟수는 줄어든다. 처음엔 소화가 잘 안될까 봐 걱정했다. 걱정할 필요는 없었다. 푹 익은 재료들이 부드럽게 씹힌다. 애호박은 정신을 잃은 듯 흐물흐물하다. 감자도 푹 익어 겉이 부서졌다. 그나마 단단한 정신력의 당근도 동경우동 카레라이스에 들어가면 부드러워진다. 재료가 부드러워질 때까지 냄비에서 푹 끓인 푸근한 한국식 카레라이스는 씹을 걱정도, 소화할 걱정도 덜하다. 단단한 치아가 얼마 남지 않았을 수도 있는 오십 년 뒤에도 먹기 좋을 듯하다.

노란 한국식 카레라이스는 엄마가 만들던 카레다. 평범하고 단조로웠다. 그리 즐기지 않았다. 카레라이스를 먹는 상황이 아쉬웠다. 카레라이스가 식탁에 올라오는 날이면 반찬은 김치 하나였다. 어린 나는 카레 속 햄 조각을 찾기 급급했다. 햄이 없거나 적은 날은 섭섭했다. 어른들은 김치 반찬 하나면 밥 한 그릇은 뚝딱 먹을 수 있다고 했지만, 이해하기 어려웠다. 엄마가 집을 비울 때도 카레라이스는 자주 등장했다. 몇 끼는 계속 카레를 먹었다. 엄마가 식사를 차리기 조금 귀찮은 날에는 콩나물 간장밥과 카레라이스가 서로 겨루며 밥상에 올랐다. 맛이 없진 않지만, 색다를 것 없는 카레라이스에 고마움을 느끼진 않았다.

이제는 석 달에 한두 번 노란 카레라이스를 만날 때면 엄마가 떠오른다. 부모님과 떨어져 지낸 지 십 년이 넘었다. 종종 나누는 대화의 시작과 끝은 주로 '잘 지내?'와 '잘 지내'이다. 대화의 중간은 바뀌는 내용이 특별히 없다. 요즘 일은 어떤지, 몸은 괜찮은지, 밥은 뭘 먹는지 등. 그리 흥미롭지도, 그렇다고 질리지도 않는 말을 되풀이한다. 늘 비슷한 대화처럼 한결같은 맛의 노란 카레라이스다. 카레라이스나 부모님이나 변함없이 평범했다.

부모님은 비행기를 타고 열한 시간을 가면 도착하는 나라에 산다. 일 년 전, 엄마가 한국에 올 때 인천공항에 마중 나갔다. 입국장 문이 열렸다. 엄마가 나오는 입국장 문은 이 년이나 삼 년에 한 번 열린다. 이번에는 삼 년 만이었다. 세월이 흘렀다. 엄마는 변했다. 엄마와 나누는 대화는 노란 카레라이스처럼 늘 같고 평범해도 엄마의 얼굴은 변했다. 엄마처럼 나도 변한다. 당연하면서도 당황스러운 일이다. 그래서일까. 매번 비슷하고 평범한 오늘의 대화가 시간이 흐를수록 소중해진다.

오십 년 뒤에 노인이 되어, 지금까지 만난 사람과 사건이 하나씩 기억나면 좋겠다. 마지막에는 부모님을 생각할 것 같다. 평범했고 소중했던 기분을 느끼고 싶다. 여러 사람과 사건이 떠오르다가 끝에는 부모님 생각이 나듯이, 그동안 만난 여러 카레를 하나씩 추억한 다음에는 처음 먹었던 평범한 한국식 카레라이스를 떠올릴 것 같다. 오십 년 뒤면 부실해져 있을 이와 잇몸으로도 먹기 적합하니 다행이다. 푹 끓인 노란 카레라이스를 죽기 전에 먹고 싶다. 욕심을 낸다면 그때까지도 이가 튼튼해서 시원한 깍두기 김치를 카레와 함께 먹을 수 있기를 기도한다. 바라는 대로 된다면 삶을 마치는 순간까지 제법 즐겁게 살았다고 말할 수 있겠다. 추도 문구는 '노 카레, 노 라이프'가 짧고 좋겠다. 내 성씨가 '노'이니 제법 잘 어울릴 것 같다.

'노래, 노 카레, 노 라이프.'

동경우동

우동 가게지만, 종종 생각나는 정겨운 맛의 카레라이스와 카레우동 메뉴가 있다. 오천 원대의 저렴한 가격에 양이 많은 편이다. 작은 공간이지만 바쁜 분위기다. 점심시간에는 줄이 길다. 좌석 회전율이 빠른 편이다. 주문을 하면 5분 내에 빠르게 나온다. 밥을 천천히 먹는다면 식사시간을 피해 가는 것이 좋겠다. 우동도 맛보고 싶다면 미니 우동과 카레라이스가 함께 나오는 우동카레 콤비를 주문해도 좋다. 주차장은 따로 없다.

—
주소: 서울특별시 중구 충무로 48(초동 17-1)
영업시간: 월~토 10:30~21:00/ 일요일 휴무
—

시금치 커리

카레로 누군가와 연결된 기분은 매번 새롭다. 설렌다.

지구 어딘가에, 지구커리가 있다.

시금치 커리를 먹으러 간 날, 지구커리는 서울 상수동에 있었다. 비정기적으로 열리는 지구커리의 커리를 언제 어디에서 다시 먹게 될지는 모르지만, 지구커리는 지구 어딘가에 꽤 오래 남아 있을 것이라 믿는다. 언젠가 다시 열릴 지구커리의 소식이 궁금해 SNS 계정을 팔로우한다.

우연히 다양한 팝업스토어가 열리는 공유 공간 SNS 계정에서 '지구커리'라는 새로운 팝업 식당이 열린다는 소개 글을 봤다. 소개 글의 링크를 타고 들어간 지구커리 계정 프로필사진에는 둥근 지구 위에 커리 소스를 붓는 그림이 있었다. 지구의 오른쪽 뺨을 타고 커리 소스가 흘러내렸다. 커리 소스를 뒤집어쓴 지구는 웃고 있었다. 실제로 사람 머리 위에 커리 소스를 부으면 어떤 표정이 나올지 모르지만, 옷만 버리지 않는다면 나도 지구커리 프로필의 그림처럼 웃을 것 같았다.

지구커리 SNS 계정에는 채식 커리가 매번 소개되었다. 밤고구마코코넛 커리, 콩 커리, 시금치 커리, 단호박코르마 커리, 버섯마크니 커리…. 다양했다. 연근 사브지, 버섯 탄두리 같은 생소한 곁들임 음식들이 커리와 함께 커리 플레이트로 나오는 점도 흥미로웠다. 지구커리는 목요일과 금요일에만 문을 열었다. 가야지, 가야지 마음만 먹고 가는 걸 미루다가 이번 주를 마지막으로 당분간 가게 방학에 들어간다는 안내 글을 봤다. 언제 다시 열릴지 모르니 가기로 다짐했다.

떨린다. 카레를 만나러 가는 길은 언제나 두근거린다. 설렌, 두려운, 기대되는 등 여러 기분이 섞인 떨림이다. 상수역에서 나와 지구커리 팝업 식당이 열리는 공유 공간 '프로젝트하다'까지 걷는 데는 3분 정도 걸렸다. 카메라를 든 손의 감각이 금세 사라질 정도로 추웠다. 오후 한 시 반이 조금 넘은 늦은 점심시간이라 가게에는 사장님과 사장님 지인을 제외하고는 아무도 없었다. 열 명 남짓 들어갈 수 있는 작은 공간은 고요했다. 식사를 할 수 있는지 물어보니 오늘 재료 준비가 늦어져 조금 기다려야 한다고 알려주셨다. 괜찮다. 새로운 카레를 만날

: 시금치 커리 [지구커리]

수 있다면 얼마든지 기다릴 수 있다. 자리에 앉아 사장님이 건넨 메뉴를 읽었다. 메뉴는 조그만 공책에 손 글씨로 적혀 있었다. 시금치 커리와 단호박당근검은 커리에 여러 곁들임 음식이 담긴 '오늘의 커리 플레이트'와 '비건 마라샹궈', 두 가지 음식이 있었다. 커리 플레이트를 주문하고 기다렸다.

조그만 메뉴 공책을 다시 펼쳤다. 지난 몇 주간 사장님이 만든 커리 메뉴가 여러 장에 걸쳐 차곡차곡 적혀 있었다. 다양한 카레 메뉴를 읽다 보면 시간이 가는 줄 모른다. 메뉴를 다 읽고 다시 기다린다. 카레를 만나러 가는 길만큼 카레를 기다리는 시간도 즐겁다. 설렘, 흥미로운, 떨리는 기분으로 마음을 채우다 보면 오늘의 커리 플레이트가 나온다. 커리 플레이트를 보니 음식이 조금 늦게 나올만하다고 생각했다. 눈으로만 봐도 알 수 있다. 음식 하나하나가 정성이다. 화려하지는 않지만 오밀조밀 모여 있는 여러 음식이, 보기만 해도 즐거운 정경을 만든다.

터메릭^{강황}이 들어가 노란색으로 변한 현미밥 위에는 새빨간 석류알이 올라가 있다. 밤색과 녹색 중간 정도 되는 시금치 커리와 적갈색을 띤 단호박당근검은 커리 소스가 밥 주변을 감싸고 있다. 여기서 끝이 아니다. 두유 마요네즈가 올라간 양

상추 샐러드, 마살라_{인도 요리에 사용되는 혼합 향신료의 총칭} 웨지감자, 말린 무로 만든 아짜르_{피클과 비슷한 인도 절임 음식}가 또 다른 접시에 담겨 나오고, 짜빠티_{통밀가루와 물로 반죽해 만든 인도식 빵}와 파파드_{콩가루, 소금, 후추가 들어간 반죽을 얇게 펴 만든 튀김}가 따로 나온다.

시금치 커리에는 파니르_{인도식 생치즈} 대신 두부가 들어갔다. 담백하다. 코리앤더 향과 시금치 향이 사이좋게 지내는 맛이다. 담백함 뒤에는 매운맛이 숨어 있다. 인사동에 있는 평일 점심 커리 뷔페식당에서 맛본 강렬한 향의 시금치 커리와는 또 다른 맛이었다.

새로운 맛의 시금치 커리를 잠시 뒤로하고 단호박당근검은 커리를 맛본다. 수분이 적다. 이름처럼 검지는 않다. 로스팅한 카레 파우더가 들어가서인지 고소하고 달달한 향이 단호박과 당근의 단맛과 어우러진다. 묘한 매력이 있는 밥도둑 맛이다.

사장님이 직접 만든 짜빠티, 조금씩 부셔 밥과 커리에 섞어 먹으면 씹는 맛이 재밌는 파파드, 마살라 웨지감자, 씹을 때마다 상큼 새콤 터지는 석류알 토핑. 각자 매력이 쏠쏠했지만, 이날 내 기억에 또렷이 자리 잡은 음식은 말린 무로 만든 아짜르다. 시금치 커리도 살짝 매웠는데 아짜르는 더 매웠다. 매운맛도 인상적이지만, 처음 맛보는 신맛을 느꼈다. 아짜르를 한입 먹자마자 침샘에서 침이 줄줄 샜다. 짜빠티와 아짜르만 있어도 한 끼를 신나게 해결할 수 있을 정도로 흥미로운 맛이었다.

지구커리에서의 식사는 카레 이야기로 마무리했다. 식사를 마치고 계산을 할 때, 사장님은 오늘 사용한 향신료들과 참고한 채식 레시피 책을 보여주셨다. "단호박당근검은 커리에 사용한 스리랑카식 로스팅 카레 파우더는 이태원에서 구했고요, 짜빠티는 직접 만들었어요. 파파드는 이태원 수입식품점에서 구할 수 있고요. 코리앤더 파우더는 향이 강한 브랜드가 있어 주의해야 해요. 파키스탄 브랜드의 카레 파우더는 매운 맛이 강해서 양 조절을 잘해야 하죠. 다음 지구커리 팝업 식당은 다른 장소에서 열 생각이에요⋯." 카레를 둘러싼 이런저런 이야기를 나누다 보니 부른 배만큼 마음도 풍요로워진 채로 식당에서 나올 수 있었다.

나에게 있어 말하기는 늘 어려웠고, 지금도 어렵다. 30분 이상 대화를 나누면 체력이 급히 떨어진다. 그런데 카레를 좋아한 뒤로는 말수가 늘었다.

말하기는 왜 어려웠을까. 어휘력의 문제일까. 몇 년 전, 동료가 알려준 어휘력 테스트를 했다. 내 국어 어휘력은 한국 고등학교 2학년 학생, 영어 어휘력은 14세 미국 중학생 정도의 수준이라는 결과가 나왔다. 국어 나이와 영어 나이를 합치니 대략 내 나이와 비슷했지만, 각각은 내 나이에 비해 부족했다. 부족한 어휘력을 탓하고 싶었다.

　생각을 전하기는 어려웠다. 중학생 시절 뉴질랜드로 유학을 갔을 때는 생각을 모두 새로운 언어로 말해야 했다. 익숙지 않은 방법으로 단어 하나하나를 소리 내는 순간이 힘들었다. 고등학교를 졸업하기 전까지는 내 입 밖으로 나오는 말의 30퍼센트는 '예스'와 '노'였다. '아이 돈 노'가 50퍼센트를 차지했다. 미술사 수업의 발표 과제가 있었는데, 글로 쓰기도 어려운 주제를 말로 표현하기가 두려워 무단결석을 했다. 미술사 수업 시간에는 말을 거의 안 했다. 오죽했으면 한 달 동안 교생 실습을 나온 미술사 선생님이 이런 말을 했을까. "너 말하니?Do you talk?" 잔뜩 긴장했던 난, 이 질문에도 바로 대답하지 못했다. 옆에 있는 친구가 대신 대답해줬다. 얘 말한다고.

　생각을 표현하고 싶었다. 미대에 진학하고서는 말할 일도 많아지고, 글 쓸 일도 많아졌다. 발표 과제보다는 글쓰기 과제가 많았는데, 글쓰기는 말하기보다 편했다. 글쓰기에는 정답이 없었다. 말할 때와는 달리 글을 쓸 때는 문법이 틀리고 오타가 있어도 고칠 여유가 조금 더 있었다.

: 시금치 커리 [지구커리]

2학년이 된 어느 날 학교 벤치에서 만난 이론 수업 교수님이 한마디를 건넸다. "네 생각은 뭔가 달라. 매번 좋은 점수를 줄 수 있는 글은 아니지만, 읽을 때마다 흥미롭다는 생각이 들거든." 교수님의 말을 듣고, '누군가는 내 생각을 흥미롭게 느끼는구나!' 생각했다. 이때부터 나름 즐겁게 글을 쓰기 시작했다. 물론 즐겁게 쓴다고 글쓰기가 쉬워지진 않았다. 생각도 행동도 굼뜬 나에게 글쓰기는 늘 어려웠다. 한 번은 에세이 과제가 어려워 기한 내에 제출하지 못할 것 같았다. 교수님을 찾아가 생각을 빨리 정리하기 어려워 이번 과제 제출을 포기하고 다음 학기에 다시 쓰겠다고 했다. 교수님은 삼 일을 더 줄 테니 포기하지 않을 수 있는지를 물었다. 이틀 뒤에 과제를 제출했고, 며칠 뒤 교수님으로부터 "기다린 보람이 있다. 다음 글도 기대할게"라고 적힌 채점지를 받았다. 어려웠지만 대학교를 졸업할 때까지는 큰 부담 없이 글을 썼다.

어휘력을 탓할 필요는 없었다. 지금 생각해보면, 어색하더라도 단어 하나하나를 말할 용기와 마음의 여유가 필요했다. 단지 어린 시절 내겐 용기가 없었다. 이제는 조금씩 용기를 내 단어를 하나씩 연결한다. 어렵고 어설플 때가 있다. 그래도 머뭇거리는 대신 말한다.

"맛있어요!" 혼자 속으로 하던 말을 카레 식당 사장님께 직접 전한다. 일본어를 못하지만, 도쿄 카레 여행을 다닐 때는 맛있게 먹었는지 물어보는 일본인 사장님께 맛있다는 한마디만 하기가 아쉬웠다. 문득 떠오른 일본 영화 〈행복한 사전〉에 나왔던 대사 "오모시로이おもしろい, 재미있어요"를 내뱉고 말았다. 듣는 사람의 입장에서는 긍정적으로 들릴 수도, 부정적으로 들릴 수도 있는 어설프고 모호한 일본어를 수줍게 건넨다. 카레를 먹으러 온 옆자리 일본인 손님에게 카레를 좋아하는지도 물어본다. 도쿄 카레 여행기를 책으로 내고 북토크를 할 때는 쉬지 않고 한 시간 동안 카레 이야기를 했다. 서울 아트북 페어 '언리미티트 에디션'에서는 이틀 내내 하루 여덟 시간씩 서서 카레 책을 소개했다. 카레 덕분에 용기를 내 이런저런 말을 내뱉는다. 카레 이야기를 나눈다. 카레로 누군가와 연결된 기분은 매번 새롭다. 설렌다.

무언가로 세상과 연결한다는 의미에서 지구커리는 나의 롤모델이다. 지구커리는 다양한 카레를 만들고, 새로운 카레를 만나기 위해 여행을 떠난다. 향신료와 채식에 얽힌 일상을 돌아본다. 카레를 둘러싼 것들을 나눈다. 천천히, 묵묵히 자신만의 걸음으로 세상을 만난다. 나도 나만의 속도로, 내게 맞는

: 시금치 커리 [지구커리]

카레 일생을 살아보고 싶다.

그리고 언젠가는 지구커리에서 맛본 아짜르처럼 생각만 해도 침이 줄줄 나오는, 기억에 남는 즐거운 음식을 만들 수 있으면 좋겠다.

지구커리

향신료와 채소, 과일이 조화를 이루는 팝업 식당이다. 다양한 채식 커리를 맛볼 수 있다. 천천히 재료 하나하나의 맛을 느끼기에 적합한 식당이다. 지구 어디에서, 언제 열릴지 모르니 인스타그램 계정을 팔로우해서 소식을 기다리면 좋겠다.

—
주소: 지구 어딘가에 위치함
영업시간: 지구커리 인스타그램 계정 참고
인스타그램: @jigucurry
—

그린 커리

우리의 관계가 그린 커리처럼 부드러운 맛이 될 상상을 한다.

"카레랑 결혼해라."

카레랑 결혼하라니. 상대가 카레든 사람이든 결혼은 나와 거리가 먼 이야기라고 생각했다. 회사 동료 결혼식에서 부케를 받은 얘기를 친구한테 하다가, 내가 혹시나 결혼식을 올린다면 'No Curry No Life' 문구가 적힌 티셔츠를 예복 대신에 입고 싶다고 했다. 하객들에게도 'No Curry No Life' 문구 티셔츠를 청첩장과 함께 미리 나눠주고 정장이나 드레스 대신 티셔츠를 입고 참석해달라고 부탁하면 어떨지를 물었다. 친구는 내 상상을 듣다가 '카레랑 결혼해라'는 답을 꺼냈다.

이후에도 친구는 내게 카레랑 결혼하라는 말을 종종 건넸다. 그런데 나는 사람과 결혼했다. 내 인생에서 결혼은 아마 안 하게 될 거라고 생각했다. 비혼주의자로 살 마음의 준비를 어느 정도 해두었던 내가 결혼을 했다. 내 반려자는 나에게 카레랑 결혼하라고 말했던 친구다.

　나에게 카레랑 결혼하라던 친구와 오랜 시간을 알고 지냈다. 서정적인 영화나 책을 보며 이야기를 나누고, 산과 공원을 거닐며 공기를 함께 마셨다. 우린 세심하게 주변 사람을 대하는 자세가 비슷했다. 서로의 속 이야기를 나누며 조금씩 가까워졌다. 감정이나 생각을 표현하는 방식은 서로 달랐다. 나는 내향적이고 속에 있는 말을 투박하고 느리게 꺼냈다. 친구는 외향적이고 속에 있는 말을 투명하고 빠르게 내뱉었다. 나와는 다른 모습으로 감정과 생각을 표현하는 친구의 시원 솔직함에 마음이 끌렸다.

　무엇보다 친구는 편했다. 결혼을 하게 된다면, 반려자에게 이런 편안함을 느끼고 싶었다. 친구에게 끌리는 마음을 말하진 못했다. 세심하게 서로를 대하는 자세와 나의 융통성 없고 무덤덤한 성격 덕분에 우리는 삼 년 정도를 친구로만 지냈다. 그러던 어느 날, 친구가 내게 마음을 고백했다.

　친구의 고백이 반갑고 당황스러웠다. 친구는 편했다. 친구가 나를 편한 동생으로만 여기고 연애할 상대로는 못 느낀다고 생각했다. 친구로라도 그와 오랜 시간을 함께하고 싶었다.

: 그린 커리 (레몬그라스)

늘 편안한 그였기에 이제 우리가 연인이 되면 자연스레 결혼을 하지 않을까 생각했다. 친구의 고백에 답하기도 전에 나는 혼자 한발 앞서 결혼을 생각했다. '친구로 지낼 때와 연인으로 지낼 때의 역동은 다를 텐데 내가 잘 못하면 어떡하지?' '누군가와 영원을 약속할 정도의 깜냥이 내게 있을까?' '말주변도 없고 성격도 내향적인 내가 반려자의 가족들과 잘 지낼 수 있을까?' 같은 고민을 했다. 고민 가운데에는 '카레를 포기할 수 있을까?'도 있었다.

그렇다. 나는 카레를 사랑했다. 사람과의 연인 관계가 시작되면 카레와의 사랑을 정리해야 할 것만 같았다. 카레 식당 찾아다니기, 카레 사진 보정해서 블로그에 올리기, 카레 굿즈 만들기, 일본어 카레 레시피 책을 번역해서 카레 만드는 연습하기 같은 내가 좋아하는 것에 쓰는 시간이 줄어들 수도 있었다. 카레를 좋아하는 마음은 확실했다. 그리고 카레를 좋아하는 감정처럼, 친구와 함께하고 싶은 기분도 확실했다. 무언가를 좋아할 때 드는 확실한 기분을 알려준 카레 덕분에 나는 친구와 연인이 되기로 선택했다.

연인이 된 그는 우리가 친구 사이였을 때보다 내 카레 생활을 더 가까이에서 느끼기 시작했다. 내 카레 생활을 존중해주었다. 그는 첫 데이트 식사 장소를 태국 음식점으로 제안했다. 그가 좋아하는 새콤함이 담긴 팟타이 쌀국수를 먹었다. 태국식 그린 커리도 먹었다. 그의 존중과 배려로 서로가 원하는 것을 모두 만족시킬 수 있었다. 첫 데이트를 한 뒤로도 우리는 이따금 팟타이와 그린 커리를 먹었다. 처음으로 팟타이와 태국식 그린 커리를 먹은 지 일 년 뒤, 우리는 친구에서 부부가 되었다. 신혼여행에 가서도 우리는 팟타이와 태국식 커리를 두 번 먹었다. 지금도 종종 팟타이와 그린 커리를 먹는다.

다양한 팟타이와 태국식 커리를 맛보게 된다. 잠실, 연남동, 서촌, 해방촌, 강동, 성수동…. 지역도 여럿이다. 가게마다 다른 맛이 재미있다. 그 가운데 세 곳의 그린 커리가 기억에 남는다. 첫 번째로 서촌 공기식당의 그린 커리는 향신료 향이 적은 편이고, 달달하면서도 짭조름한 감칠맛과 마지막에 느껴지는 칼칼함이 매력이다. 조화롭다. 두 번째로 해방촌의 팟카파우는 갈랑가 생강과에 속하는 동양의 향신료 와 레몬그라스 레몬 향이 나는 허브 의 진한 향이 인상적이다. 밥 위에 올려진 오믈렛 튀김의 바삭한 식감과 그린 커리 소스가 잘 어울린다. 세 번째로 성수동 레몬그라스는 맛과 분위기가 남다르다. 처음엔 혼자 가봤다.

주택을 개조한 듯한 레몬그라스의 가게 외관은 종종 보던 태국 음식점과는 모습이 다르다. 태국 국기를 떠올리게 하는 파란, 빨간색 조합이나 조형물이 없다. 대신 하얀 벽과 커다란 검은색 프레임의 창문에 식당 이름이 가느다란 영문 손 글씨체로 크게 적혀 있다. 왠지 섬세한 공간일 듯한 느낌이다. 문을 열고는 조금 당황했다. 음식 냄새보다 은은한 디퓨저 향이 먼저 났다. 독특한 인상은 계속 이어졌다. 은은한 디퓨저 향처럼 조명도 차분하다. 가운데 공간에는 여덟 명 정도 둘러앉을 수 있는 커다란 정사각형 나무 테이블이 있다. 테이블 가운데에는 네모난 빈 공간이 있는데, 빈 공간은 초록색 이끼로 덮여 있다. 나무 테이블과 라탄 의자로 채워진 공간이 묘한 편안함을 준다. 모던, 세련 같은 단어가 어울릴 듯하다. 공간이 주는 느낌 때문일까. 요리사의 분주한 움직임도 조용하게 느껴졌다. 고요한 분위기에 맞춰 멍하게 있다 보면 주문한 그린 커리가 나온다.

그린 커리는 나무 그릇에 담겨 나온다. 바질 잎이 커리 소스 수면에 떠 있다. 메뉴에는 새우와 가지가 들어간다고 적혀 있었다. 꽤 큰 새우와 가지는 소스 수면 밑에 숨어 있었다. 처음 몇 숟가락은 소스만 계속 떠먹었다. 그동안 맛본 그린 커리와는 다르게 맛이 담담하다. 단맛, 코코넛 향, 향신료 향, 짠

맛, 약간의 매콤함이 입안에서 은은하게 퍼졌다. 섬세하고 건강한 맛이다. 건강한 맛이라고 말하게 되는 음식은 종종 맛이 없다는 뜻으로 해석되기도 하는데 레몬그라스의 그린 커리는 건강한 느낌이면서도 특유의 잔잔한 매력이 있다. 커리 소스 양이 많은 편이다. 소스만 떠먹은 숟가락질이 많았다. 자스민 차로 지은 고소한 밥을 다 먹고도 커리 소스가 남아 있는 나무 그릇을 보니 왠지 모르게 편안했다. 자극적이지 않은 맛도 편안한 기분을 느끼는 데 한몫을 했다. 얼마 뒤 반려자와 함께 다시 레몬그라스를 찾았다. 그윽한 분위기도, 부드럽고 차분한 맛도 그대로였다. 우리는 팟타이와 그린 커리를 먹으며 서로가 원하는 것을 알맞게 채웠다.

친구에서 연인이 된 우리는 서로가 원하는 것을 표현하고 적당히 맞춰간다. 삶의 새로운 관계 방식을 조금씩 배운다. 태국 음식점에 가면 팟타이와 그린 커리를 먹는 것처럼 서로에게 알맞은 방법을 찾아간다. 그러나 연인 관계의 모든 일이 태국 음식점에 가서 팟타이와 그린 커리를 주문하는 것처럼 간단하지 않다. 의도와는 다르게 감정이나 생각이 전달되기도 한다. 나의 덤덤한 표정과 무뚝뚝한 말투, 느린 반응 때문이다.

서로 다른 표현 방식으로 인해 상대의 화를 돋울 때가 종종 있다. 서로에게 감정이 상한 날이면 나는 밤잠을 잘 못 이룬다. 침대에 누워 '난 외로움도 별로 안 느끼고 혼자서도 그럭저럭 잘 지내니까 결혼을 안 해도 됐을 텐데, 결혼해서 괜한 고생을 하네' 같은 생각은 안 한다.

친구일 때는 볼 수 없었던 화난 반려자의 모습을 다시 떠올리며, '저렇게 화를 낼 정도로 나를 편안하게 느끼나 보다' '나를 편하게 생각해주니 고맙네' '남들'은 볼 수 없는 반려자의 화난 모습을 나만 보다니. 영광인 걸' 같은 생각에 빠져 고마움을 느낀다. 그 뒤로는 '계속 카레를 사랑했어야 했나?' '내가 괜히 사람과의 결혼을 결심해서 반려자를 힘들게 하는 건 아닐까?' '다음에는 반려자가 덜 화낼 수 있도록 노력해야지' 같은 회고의 시간을 갖는다. '아까 반려자가 화낼 때는 세상이 무너지는 줄 알았어. 정말 무서웠지' 같은 공포의 시간도 가지며 얼른 우리의 관계가 레몬그라스에서 맛본 그린 커리의 맛처럼 잔잔하고 부드러워지면 얼마나 좋을까를 생각한다.

반려자의 화는 보통 다음 날에 풀린다. 화가 풀린 반려자에게 "앞으로 또 싸우겠지?"라고 조심스레 묻는다. 그럼 그는 "당연하지. 부모님이 티격태격하시는 거 못 봤어?" 하고 답한다. 내 부모님은 사이가 별로 좋지 않은 듯하면서도 늘 함께 다니신다. 결혼한 지 삼십 년이 넘은 다 큰 어른 둘이 별일 아닌 듯한 일로도 싸우는 모습을 보면 귀엽고 재밌다. 지하철 환승을 할 때 에스컬레이터를 탈지, 엘리베이터를 탈지를 가지고 옥신각신하던 부모님의 모습을 떠올리며 웃었다.

　카레와는 결혼하지 못했다. 사람과 결혼했다. 덕분에 반려자와 나는 앞으로 계속 다툴지도 모른다. 다툴 때마다 나는 잠을 못 이루고 감사와 성찰, 공포의 시간을 가질 테다. 잠을 설치는 순간에도 스멀스멀 떠오르는 카레 생각을 하면 기분이 조금 풀어진다. 힘든 순간을 버틸 힘이 된다. 고마운 카레의 도움을 받아 앞으로 있을 반려자와의 다툼과 화해에 노련해지기로 마음을 먹는다. 반복되는 다툼 속에서 우리의 관계가 레몬그라스의 그린 커리처럼 부드러운 맛이 될 상상을 한다. 마음이 놓인다.

: 그린 커리 [레몬그라스]

레몬그라스

그린 커리 외에 레드 커리와 다른 태국 음식 메뉴가 있다. 두세 명이 함께 가서 조용히 이야기 나누기 적합한 공간이다. 와인 메뉴도 있다. 차분한 분위기에서 혼자 커리를 즐길 수 있다. 주차장은 따로 없다.

—
주소: 서울 성동구 연무장길 41-26 1층(성수동2가 316-22)
영업시간: 수~금 점심 11:30~15:00, 저녁 17:00~21:00/ 토·일 점심 12:00~15:00,
저녁 17:00~21:30/ 월·화 휴무
인스타그램: @lemongrass.seongsu
—

오믈렛 카레

쓸모 있는 사람이 되기 전에 다정한 사람이 되고 싶다.

조용히 카레를 먹고 싶은 날이 있다.

케루악의 존재는 〈베어매거진〉 카레 특별호를 보다가 알게 됐다. "사장님이 도쿄에서 맛본 에티오피아 카레를 뿌리로 한 무국적 스파이스 카레"라고 소개되어 있었다. 어떤 맛일까. 케루악 카레를 만나보고 싶었다. 케루악 카레를 처음 만난 날은 바람이 찼다. 늦은 점심시간인 두 시가 조금 넘어 케루악에 도착했다.

지하철역에서 한참을 가야 해서인지 카레를 먹기 위해 많이 걸어 다녔던 도쿄로 카레 여행을 온 기분이었다. 멀리서부터 노랑, 주황, 하양이 섞인 로고 간판이 보였다. 프랑스 공군 비행기 날개에서 본 원형 마크 같기도 하다. 달걀노른자처럼도 보이는 동그란 과녁 모양의 간판에 눈길이 꽂혔다. 가게 문을 열었다. 아무도 없었다. 고요했다. 너무 늦게 온 건 아닐까.

주방 뒤에서 사장님이 나왔다. 사장님의 정다운 "어서 오세요"를 처음 들은 날이었다.

카레 메뉴는 간단했다. 기본 케루악 카레, 기본 케루악 카레에 구운 채소가 올라간 채식 카레, 고기가 올라간 육식 카레, 다진 고기가 들어가는 키마 카레와 키마 카레우동까지 합하면 모두 다섯 가지다. 채식 카레를 주문하고 찬찬히 이곳저곳에 눈길을 돌렸다. 가게는 여덟 명 정도가 나란히 앉을 수 있는 바 좌석과 부엌으로 나뉘어 있다. 카레를 만드는 부엌은 흰색 형광등 빛이 가득하고, 카레를 먹는 바 좌석은 연한 주황색 전구 빛이 채워져 있다. 푸근하다.

바 좌석에 놓인 액자 메뉴판에는 카레 이름이 다정한 손 글씨로 적혀 있다. 카레와 재료들이 그려져 있는데, 특히 알록달록한 점들로 표현된 마살라 그림이 눈길을 끌었다. 카레 맛이 궁금해서 갔던 케루악과의 첫 만남에서는 카레 맛보다는 가게 구석구석에 자리한 엽서와 포스터, 책, 메뉴판의 다정한 흔적, 사장님과 나눈 카레 이야기가 기억에 남는다.

몇 주가 지나 두 번째로 케루악에 갔다. 키마 카레우동 맛이 궁금했다. 첫 번째 방문했을 때와 비슷한 늦은 점심시간에

: 오믈렛 카레 [케루악]

도착했다. 이날도 다정한 "어서 오세요"를 들었으나 먹고 싶었던 키마 카레는 재료가 떨어져 있었다. 대신 오믈렛을 올린 케루악 카레를 먹었다. 오믈렛 카레를 다 먹었는데, 사장님은 실험 중인 코코넛치킨 커리를 맛보라며 권해주셨다. 코리앤더 씨의 향과 코코넛밀크의 단맛이 강한 카레였다. 사장님은 집에 가서도 먹으라며 방금 맛본 코코넛치킨 커리를 싸주셨다.

"닭다리는 네 개 넣었어요. 같이 사는 분하고 사이좋게 두 개씩 나눠 드세요"라는 사장님의 말은 '어서 오세요' 만큼 다정했다. 케루악과의 두 번째 만남에서도 카레의 맛보다는 정답게 오갔던 말들을 먼저 기억한다.

세 번째로 케루악에 간 날은 조용히 카레를 먹고 싶었다. 회사 일을 마칠 저녁 일곱 시. 카레를 생각했다. 오늘의 카레로 케루악의 오믈렛 카레를 떠올렸다.

회사가 있는 뚝섬역 근처에서 케루악 근처로 한 번에 가는 버스를 탔다. 지도 앱은 35분 정도가 걸린다고 알려줬다. 퇴근 시간이라 차들이 꼬리에 꼬리를 물었다. 시간이 흘러 시계는 이미 도착했어야 할 7시 45분을 가리켰다. 지도 앱은 버스가 가야 할 길이 아직 반이 넘게 남았다고 했다. 길 위에서 생각했다. '버스가 이 속도로 가다가는 문을 닫을 9시가 다 돼서

도착하겠다, 그래도 가볼까?' '오늘은 포기하고 그냥 집에 갈까?' 지도 앱을 다시 켰다. 걸어서 가면 얼마나 걸릴지 확인했다. 30분 정도가 걸린다고 했다. 8시 15분에는 도착할 수 있으니 가볼 만했다. 30분을 걸어야 하는 건 문제가 되지 않았다. 카레를 만나고 싶었다. 버스에서 내려 조금 빠르게 걸었다.

조깅 같았던 걸음 덕분에 생각했던 시간보다 10분 일찍 도착했다. 케루악 간판이 보였을 때는 8시 5분이었다. 가게 창문 안으로 손님 두 명이 보였다. 들뜬 마음으로 문 앞에 섰다. 문 앞에 걸린 'CLOSED 영업 종료' 팻말이 보였다. '재료가 다 떨어졌나?' '그냥 돌아갈까?'를 생각했다. 카레가 필요한 날이었다. 카레 냄새라도 맡고 가자는 심정으로 문을 열었다.

"어서 오세요." 사장님의 반가운 기분이 담긴 인사다. 케루악 카레와의 첫 번째, 두 번째 만남에서도 '어서 오세요'를 들었다. 세 번째로 간 날 사장님의 다정한 목소리는 이전과 같았지만 목소리의 내용이 달랐다.

"어떡해."

바로 알아차렸다. '카레가 없구나.'

사장님은 말을 이었다.

"어떡해. 카레가 다 떨어졌어요. 오늘 희한하게 손님이 많

앉아요. 잠깐만. 숙성시킨 카레가 있는데 마무리 조리를 하려면 30분 정도 걸려요. 기다릴 수 있어요? 시간 괜찮아요?"

기다릴 수도 있었지만, 다 먹고 나면 영업 마감 시간인 9시를 넘길 듯했다. 내가 카레를 먹자고 사장님의 퇴근 시간을 늦출 수는 없다. 카레를 먹고 있던 다른 두 손님의 카레를 보고, 카레 냄새를 맡은 거로 만족했다. 아쉬웠지만 다음을 기약했다. 가게에서 나와 역까지 걸었다.

'재료 소진이라니.' 많은 사람이 카레를 떠올리고 카레 가게를 찾았다는 사실을 생각하며 입꼬리를 올렸다. 조만간 케루악을 다시 찾아갈 생각에 카레를 향한 애틋한 마음은 곧 설렘으로 바뀌었다. 포기하지 않고 카레 가게로 향했던 걸음이 왠지 모르게 뿌듯했다. 카레를 못 먹은 아쉬움은 있었지만, 후회는 없었다.

조용히 카레를 먹으며 생각을 정리하고 싶은 날이었다. 회사에서 분기마다 하는 구성원 평가가 마무리되는 때였다. 구성원 평가에는 자기평가가 있다. 내가 나에게 준 점수는 5점 만점에 3.1점이었다. 3.1점은 내게 '잘하고 있는 건 아니에요'라고 말하는 듯했다. 디자인 일을 시작한 지 9년이 됐다. '왜 경험이 쌓일수록 두려움도 커질까?' '예전처럼 종종 며칠을 밤늦게 일하고 주말에도 일할 체력이 조금씩 사라져서일까?' '이제 밤새는 일도 거의 없고, 일하는 환경도 예전과 달라졌는데 왜 걱정이 앞설까?' '맡은 업무의 성격이 외주 일에서 내부 관리 일로 바뀌어서일까?' '열정이 사라진 걸까?' '잘하고 있는 걸까?' 같은 생각이 꼬리에 꼬리를 물었다. 카레를 먹으면서 생각을 정리하지는 못했지만, 다행히 역까지 돌아가는 길 위에서 생각을 정리할 수 있었다.

두려움이 커지는 이유를 어느 정도 알고 있었다. 실패가 두려웠다. 회사에 재입사하기 전, 을지로 마구간에서 카레와 면을 먹으며 용기를 얻었다. 실수를 두려워하기보다 실수나 실패와 사이좋게 지내자는 마음으로 퇴사했던 회사에 다시 들어갔다. 다시 회사에 다닌 지 일 년이 지났지만, 걱정스러운 마음을 찾아내는 성실함은 쉽게 걷어내지 못했다. 잘하고 싶은 마음은 두려움으로 돌아왔다. '일을 잘 못해 누군가에게 해를 끼치면 어쩌지'를 걱정하며 다른 사람을 의식하는 마음이 있었다. 작은 실수라도 하면 스스로를 혼내고 힘들어하는 내가 여전히 있었다. 마음속 깊은 어딘가에서 흐릿하게 보이는 '쓸모없는 사람이 돼버리면 어쩌지' 하는 두려움이 나를 실시간으로 지켜보고 있었다. '앞으로도 살면서 수없이 실패를 경험

할 텐데. 어쩌려고 이러나.' 대책이 필요했다. 문득 카레와의
경험이 떠올랐다.

카레를 맛보는 일은 설렜다. 멀리 떨어진 카레 식당을 찾아
가면서 '맛이 없으면 어쩌지' 같은 걱정을 했었다. 기대했던 맛
과 다를 때가 있었고, 재료가 떨어졌거나 임시 휴무일이라 카
레를 먹지 못하고 돌아온 적도 여러 번 있었다. '괜히 오늘 왔
나?' '다른 카레 식당에 갈 걸 그랬나?' 같은 후회 섞인 생각을
자연스레 했지만, 카레를 만나며 느꼈던 걱정이나 아쉬움은
곧잘 설렘으로 바뀌었다. 카레를 먹으러 세 번째로 케루악에
찾아갔던 저녁의 경험처럼 말이다. 카레를 먹는 일에는 실패
했지만 카레가 먹고 싶어 최선을 다해 찾아갔던 내 마음과 행
동을 잘 알아주니, 후회 없이 다음을 기약하고 다시 설렐 수 있
었다.

마음에 부탁했다. '일할 때 두려움이 찾아오면 카레를 만나
는 일처럼 생각해보자.' 주어진 상황에서 잘하고 싶은 내 마음
을 알아주고 최선을 다하면, 실패하고 후회하더라도 곧잘 '다
시 해보자' '다음엔 더 잘해보자' 같은 마음이 자연스레 생길
것 같았다. 카레 덕분에 마음이 조금 놓였다.

다음 날, 케루악 카레에 다시 도전했다. 네 번째로 간 날이

다. 문을 열자 다정한 "어서 오세요"가 들렸다. 사장님은 "오늘은 카레를 넉넉히 준비해두었어요"라고 덧붙였다. 마음이 편해졌다.

오믈렛 카레의 맛을 기억하고 싶었다. 오믈렛 카레를 주문했다. 커다란 그릇에 담긴 밥과 카레 소스, 푸슬푸슬한 오믈렛의 모습은 가게의 푸근한 공기를 닮았다. 밤색을 띠는 카레는 코리앤더 씨와 까수리메티의 향 뒤에 느껴지는 채소 맛이 깨끗했다. 건강하다. 단맛보다는 신맛이 더 있다. 고기가 들어가지 않아 묵직하기보다는 산뜻하다. 밥 없이 수프처럼 떠먹고 싶다. 오믈렛은 그동안 본 오믈렛과는 다르다. 스크램블드에 그와 오믈렛의 중간쯤이라고 해야 하나. 달걀흰자 색이 사이사이 보이는 오믈렛은 보드랍고 포슬포슬함보다는 푸슬푸슬함에 가깝다. 카레 소스와 함께 조금씩 떠먹으면 때로는 부드럽게, 때로는 통통 튀는 듯 재밌게 씹힌다. "삶에는 단단한 순간도 있고 부드러운 순간도 있지. 여러 순간을 즐겨봐. 긴장은 조금 덜어내고 부드럽게"라고 내게 속삭이는 듯했다. 입안을 가득 채운 오믈렛의 조언을 몸과 마음에 담아 가게를 나섰다.

"또 놀러와요."

사장님의 인사는 '어서 오세요'만큼 다정했다. 역으로 가는 길 위에서 생각했다.

'쓸모 있는 사람이 되기 전에 다정한 사람이 되고 싶다.'

케루악

채소만 들어간 케루악 카레와 고기가 들어간 키마 카레가 있다. 오믈렛과 구운 치즈 토핑을 곁들일 수 있다. 역에서는 걸어서 25분 정도 걸리는 조용한 동네에 있다. 주차장은 따로 없다. 한강과 3분 거리다. 따듯한 날에 케루악에서 카레를 배불리 먹고 한강 산책을 해도 좋겠다.

주소: 서울 광진구 뚝섬로52마길 21(자양동 640-34)
영업시간: 화~토 점심 11:30~14:30, 저녁 18:00~21:00/ 일 12:00~17:00(일요일은 카레 메뉴 없이 '긴즈버그'라는 빵집으로만 운영)/ 월요일 휴무
인스타그램: @kerouac_curry_ginsberg

드라이 키마 카레

손님은 미칠 듯한 기분으로 카레 한 그릇을 깨끗하게 비웠습니다.

모두 열심히 걷는다.

사람들이 순식간에 몰렸다가 뿔뿔이 흩어지는 개찰구를 지나 역에서 나왔다. 다들 어디로 갈지가 확실한 듯한 바쁜 걸음이다. 잽싸게 움직이는 사람들은 미래에 대한 계획이 뚜렷한 것처럼 보인다.

큰 미래를 계획하지 않아서일까. 내 걸음은 느렸다. 하나둘 나를 앞질러 가는 사람들을 보며 10분 남짓을 어슬렁거리며 걸었다. 그러면 조금 오래돼 보이는 5층 건물이 나온다. 계단을 따라 3층으로 올라간다. 문에 그려진 작고 귀여운 무지개 로고가 보인다. 문을 열고 들어간다. 기다랗고 조그마한 공간이다. 'ㄴ'자 모양의 바 좌석이 있다. 일곱 명이 앉을 수 있다. 혼자 온 손님 둘, 함께 온 손님 셋이 조용한 음악에 맞춰 숟가락을 움직이고 있었다. 나도 자리에 앉으니 모두 여섯이다.

자리에 앉으면 사장님이 "반갑습니다. 카레를 찾아주셔서 고맙습니다. 오늘의 메뉴입니다"라며 오늘의 카레가 적힌 메뉴판과 주문서 한 장을 건넨다.

우선 메뉴를 확인한다. 손바닥만 한 종이다. 작은 종이에 담긴 무지개 로고가 또 보인다. 로고 밑에는 '식사를 혼자 준비합니다. 서빙이 느릴 수 있습니다. 양해해주셔서 고맙습니다. 천천히 카레를 즐기세요. 주문을 다 적으면 불러주세요'라고 적혀 있다. 안내 문구 아래로 두 가지 카레 메뉴 설명이 이어진다. 날마다 있는 레인보우 카레에 일주일마다 바뀌는 다른 카레 메뉴가 하나 더 있다. 오늘은 드라이 키마 카레였다.

일곱 가지 채소와 과일, 로스팅한 향신료가 들어간 달콤하고 산뜻한 맛의 레인보우 카레를 먹을까. 다진 고기가 들어간 드라이 키마 카레를 먹을까. 채식과 육식 사이에서 고민했다. 소매를 걷어 올린 옆자리 손님은 드라이 키마 카레를 먹고 있었다. 조각 케이크를 포크로 잘라 떠먹듯이 드라이 키마 카레를 숟가락으로 잘라 입으로 가져갔다. 카레를 입에 넣고 고개를 두어 번 끄덕이는 옆자리 손님을 보고 오늘의 카레를 정했다. 자리에 놓인 펜을 들어 주문서를 적기 시작했다. 주문서 양식이 흥미롭다.

: 드라이 키마 카레 [카레 레인보우]

먼저 오늘 날짜와 요일, 번호가 적혀 있다. 내 번호는 14번이었다. 오늘 열네 번째 손님이라는 뜻일까? 번호 밑에는 오늘의 기분을 표시하는 칸이 있다. 설렘, 즐거운, 신난, 무덤덤한, 답답한, 슬픈, 짜증 나는, 모름, 기타가 있다. 카레와 기분은 어떤 관계가 있을까를 생각하며 '모름'에 체크를 하려다 내 기분을 한번 돌아봤다. 어제와 비슷한 오늘을 생각하니 그저 무덤덤한 기분이 들었고, 카레를 맛보게 될 생각에 설렜다. '설렘'과 '무덤덤한'에 표시했다.

오늘의 기분을 표시하고 나면 원하는 메뉴를 적는다. 드라이 키마 카레를 적었다. 곁들임 메뉴인 가지 튀김도 적을까 고민했다. 부쩍 소화력이 떨어지는 요즘이다. 아무리 채소 튀김이라지만, 고기가 많이 들어가는 드라이 키마 카레에 튀김까지 먹으면 위장이 힘들어할 것 같았다. 카레만 먹기로 했다. 다적은 주문서를 앞으로 내밀며 "주문할게요"를 외쳤다. 사장님은 내 주문서를 보고 "드라이 키마 카레 하나가 맞으시죠?" 주문을 한 번 더 확인했다. 그렇다고 했다. 사장님은 주문서 맨 아래에 카레 값을 적었다. 그러고는 다시 불 앞으로 돌아가 키마 카레 소스를 데우기 시작했다. 사장님이 소리 없이 분주하게 카레를 만드는 모습을 구경하고, 들릴 듯 말 듯 한 대화를 덮는 잔잔한 노래를 들으며 주문서에 적은 내 기분을 다시 한 번 살펴보았다. '즐거운'을 추가해도 좋겠다고 생각했다. 잠시 뒤 주문한 드라이 키마 카레가 나왔다.

다진 돼지고기로 만든 카레 소스가 새하얀 밥 위에 올려져 있다. 카레 소스 위에 고수와 쪽파가 올라간다. 다진 고기를 뜻하는 힌디어 '키마'와 마른 상태를 뜻하는 '드라이'가 만나 만들어진 이름처럼 국물이 없다. 조각 케이크를 떠먹듯이 카레를 숟가락으로 떠서 입안에 넣었다. 묵직하고 따뜻한 커민 씨의 향과 고소한 된장 향이 먼저 느껴진다. 양념을 골고루 입은 다진 돼지고기와 잘게 썬 대패삼겹살이 입안에서 어우러지는 느낌이 재밌다. 국물은 없지만 촉촉하다.

고기의 풍미, 채소의 단맛을 느끼고 나면 매운맛이 살짝 고개를 내민다. 접시를 반 정도 비웠을 때쯤 고기가 무겁게 느껴지면 다진 쪽파나 고수와 함께 먹을 차례다. 멍하니 입안의 움직임에 집중하다 보니 15분이 금세 흘렀다. 카레를 다 먹을 때쯤 사장님이 달콤한 차이티를 건네줬다. 단맛이 적고 부드러움이 강한 차이티였다. 카레도 차이티도 가게를 나서기 전부터 그리운 맛이었다. 다음엔 레인보우 카레에 가지 튀김을 추가해서 먹어야겠다고 다짐했다. 차분했던 시간을 뒤로하고

: 드라이 키마 카레 [카레 레인보우]

가게를 나왔다. 집으로 향했다.

　가게에서 나온 지 한 시간 정도가 지난 밤 아홉 시. 카레 레인보우의 SNS 계정에 하루를 마무리하는 포스팅이 올라온다. 사장님이 오늘 받은 주문서 중 하나를 골라 찍은 사진과 글이다. 이날은 오늘의 기분을 체크하는 칸에 '기타'를 체크하고 '미칠 듯한'이라고 적힌 주문서를 찍은 사진이 글과 함께 올라왔다.

　'오늘 미칠 듯한 하루를 보낸 손님은 저녁으로 레인보우 카레를 드시고 갔습니다. 무엇 때문에 미칠 듯한 기분이 들었을까요. 미칠 듯이 기뻤을까요. 미칠 듯이 화가 났을까요. 미칠 듯이 배가 고팠을까요. 아무튼, 손님은 미칠 듯한 기분으로 카레 한 그릇을 깨끗하게 비웠습니다. 빈 그릇을 보니 저는 미칠 듯이 행복했습니다. 고맙습니다. 오늘 드신 카레가 미칠 듯한 마음을 조금은 달래주었기를 바랍니다.'

　사장님이 올리는 오늘의 기분 포스팅만큼, 월간 기분 정산 포스팅도 흥미롭다. 매달 마지막 날에는 카레 기분 보고서가 올라온다. 지난달에는 기쁜 201개, 무덤덤한 105개, 설렌 94개가 손님들이 가장 많이 느낀 기분 세 가지였다. 기타 기분으로는 시원한, 여유로운, 홀가분한, 살아 있는, 두근거리는, 뒤숭숭한, 멘붕 등이 있었다. 카레를 먹으러 온 손님들의 기분은 다양했다. '오늘 카레 레인보우에서 카레를 먹은 사람은 어떤 기분을 느꼈을까.' 밤마다 올라오는 포스팅이 궁금하다. '나는 다음에 어떤 기분으로 카레를 만날까.' 카레와의 만남이 기다려진다.

여기까지가 내가 떠올려본 카레 레인보우의 고객 여정이다. 카레 레인보우는 아직 내 머릿속에만 있는 카레 가게다.

카레 가게를 꾸리며 나누고 싶은 카레의 매력은 '다양성'이다. 카레마다 자기만의 특별함이 있다. 내가 좋아하는 카레를 누군가는 덜 좋아할 수도 있다. 반대로 다른 사람이 좋아하는 카레를 내가 덜 찾을 수도 있다. 최고가 없다. 우열을 넘어 다양함이 있다. 카레든 삶이든, 정해진 답이나 최고라는 기준이 없다는 사실을 알아차리면 마음이 넓어진다. 다양한 카레의 취향은 카레를 좋아하는 마음을 풍요롭게 만든다. 내가 좋아하는 카레가 소중한 만큼 다른 사람이 선호하는 카레를 존중하게 된다.

지금은 SNS에 카레를 기억하는 글과 사진을 올리며 카레

의 매력을 나눈다. 가끔 카레 그림이나 그래픽디자인이 들어
간 가방이나 티셔츠, 달력 같은 굿즈를 만든다. 그리고 언젠가
는 카레의 매력을 카레로 나누는 가게를 여는 꿈을 꾼다.

가게 이름은 카레 레인보우. 형형색색 무지개 같은 카레의
매력을 그릇에 담는다. 좌석은 7인석이다. 일곱 빛깔 무지개
에서 영감을 받았다고 하면 좋은 이야깃거리가 될 수도 있겠
지만, 혼자서 주문받기와 계산, 조리와 서빙을 감당할 수 있는
손님 수가 최대 일곱 명일 듯해서 7인석이다. 항상 먹을 수 있
는 기본 카레의 이름은 레인보우 카레. 무지개색처럼 일곱 가
지 채소와 과일이 들어간다. 채식 카레다.

일주일마다 바뀌는 카레 메뉴로는 드라이 키마 카레, 버터
치킨 커리, 비프 카레, 코코넛치킨 커리, 시금치 커리, 베지터
블 코르마견과류 퓌레가 들어가 부드럽고 담백하다. 곁들임 메뉴로는 가지
튀김과 양파 파코라인도식 양파 튀김가 있다. 되도록 채식 메뉴를
만들고 싶지만, 음식에 풍미를 더하는 고기를 쉽게 포기하기
는 어려울 것 같다. 다양하고 맛 좋은 채식 카레를 만들 수 있
는 요리 실력을 조금씩 쌓고 싶다. 고기를 덜 사용하는 카레 메
뉴를 내놓는 방법으로 인류의 소화 건강과 지구의 건강에 도
움이 되는 길을 걷는 것이 카레 레인보우의 존재 목표 가운데

하나다.

꿈을 이루기까지 갈 길이 멀다. 요리 배우기, 카레 레시피 연습하기, 일본어 배우기, 일본 카레 여행 다녀오기, 인도 카레 여행 다녀오기, 가게 공간 알아보기, 사업자 등록하기, 가게 브랜딩하기…. 그 외에도 내가 아직 모르는 일이 수만 가지일 것이다. 넉넉히 좋게 봐도 십 년은 넘게 걸릴 듯하다. 그래도 꿈을 향해 나만의 속도로 걸어보고 싶은 생각은 쉽게 지워지지 않는다.

화려하진 않아도 제법 맛있는 카레를 만들고 싶다. 오늘은 어제보다 괜찮은 카레를 만들려고 애쓰고, 매일 눈물을 흘리며 양파를 썰고 볶는 삶이다. 무지개색처럼 다채로운 사람을 만나고, 다양한 기분을 마주하는 일이다. 지금까지 만난, 또 앞으로 만날 카레 가게에서 느낄 따듯한 공기를 소중히 기억했다가 카레 레인보우를 찾는 사람들에게 비슷한 공기를 내어주는 일을 하면 기쁠 것 같다.

마음이 말한다.

"《오늘의 기분은 카레》를 읽은 여러분, 언제 문을 열게 될지는 모르지만, 카레 레인보우가 생기면 놀러 오세요."

: 드라이 키마 카레 [카레 레인보우]

카레 레인보우

지금까지 확정된 메뉴는 레인보우 카레와 드라이 키마 카레 두 가지다. 잘 만들 수 있는 카레 메뉴가 최소 일곱 가지는 돼야 카레 레인보우를 시작할 계획이다. 일 년에 카레 레시피 한 개를 익힌다고 생각하면 앞으로 빠르면 십 년 뒤에 문을 열 수 있으리라 기대해본다.

—

주소: 위치가 정해지지 않았다. 언제 개업할지 모른다.
영업시간: 월~금 점심 10:30~15:00, 저녁 17:00~21:00/ 토·일 휴무
인스타그램: @curryrainbow

—

오늘 기분은, 카레

'오늘은 어떤 카레를 먹을까?'

질문 하나에 반복되는 밥 한 끼가 기다려진다. 시간을 내서 먼 식당으로 카레를 먹으러 가는 길이 설렌다. 새로운 카레를 만나면 심장이 뛴다. 카레에 빠졌을 뿐인데 삶이 조금은 달라진다. 나만의 박자를 찾은 기분이다. 카레 덕분에 삶 곳곳에서 이전과는 다르게 반응하는 내가 있다.

마음을 열었다. 카레 앞에선 말이 늘었다. 예전 같으면 수줍어서 하지 못했을 말들을 꺼낸다. 도쿄 카레 여행 책을 독립서점에 입고하며 처음 만나는 서점 사장님들과 카레 이야기를 했다. 독립서점 사장님의 제안으로 북토크도 했다. 첫 북토크는 일곱 명이 모인 작은 행사였는데도 무척 떨렸다. 떨려도 카레 이야기를 시작했다. 첫 번째 북토크를 하고 세 번 더 북토크를 했다. 서른 명이 넘게 참석한 마지막 행사에서도 긴장하긴 했지만 카레를 좋아하는 나의 이야기를 담담히 전했다.

마음이 씩씩해졌다. 일본어를 못해도 도쿄의 카레 식당 사장님께 향신료 이름을 하나하나 말하며 맛있게 먹은 카레에 어떤 향신료가 들어갔는지 물어보기도 한다. 카레와 연결된 무언가에 궁금한 점이 생기면 용기를 내서 물어본다. 한국과 인도의 독립운동 역사를 소개하는 강연에 가서 인도인 강연자에게 '서울에서 좋아하는 카레 식당이 어디인지'와 같은 강연과 전혀 상관없는 질문을 하기도 한다. 카레를 이야기할수록 삶이 넓어지는 기분이다.

이전과 다르게 반응하는 나만큼, 내 주변도 달라진다. 여행을 다녀온 지인들로부터 종종 선물을 받는다. 일본에 다녀온 사람들은 즉석 카레, 휴대용 향신료 키트, 카레 컵라면, 카레 과자, 카레 잡지, 카레 전용 숟가락을. 다른 아시아 나라에 다녀온 사람들은 그 지역의 카레 페이스트, 카레 가루, 즉석 카레를 줬다. 나를 기억해준 사실만으로도 고마운데, 나를 기억하며 고른 선물이 카레랑 연결되다니 날아갈 듯 기뻤다.

다르다. 여행을 다녀온 사람에게 비싼 과자나 초콜릿을 선물로 받는 삶도 좋다. 그래도 카레를 둘러싼 무언가를 선물로 받을 때의 느낌은 확실히 다르다. 다양한 기분이 마음을 채운다. 선물을 받은 내 반응을 보면 알 수 있다. 카레 전용 숟가락을 받았을 때는 몇 번이나 "오"를 소리 냈는지 모른다. 포장 스티커가 찢어지지 않게 손톱 끝에 힘을 살살 주어 조심스레 열었다. 설명서에 적힌 글을 구글 이미지 번역기를 사용해 하나하나 읽었다. 선물에 반응하는 시간이 길어진다.

길을 걷다가도 카레에 반응한다. '카레' '인도' '스파이스' 세 단어 중 하나가 보이면 가던 길을 멈춘다. 반려자와 길을 걷다가 입간판을 보고 멈춰 섰다. '스파이스 카레 팝업.' 가던 길을 멈추게 만드는 단어 세 개 가운데 두 개가 입간판에 적혀 있었다. 몸이 반응했다. 입간판에 가까이 다가가 작게 쓰인 영업시간과 위치를 보고 나니, 나도 모르게 잡고 있던 반려자의 손을 놓은 나를 발견했다. 서너 발자국 정도 떨어진 곳에서 반려자가 이런 나를 지켜보며 웃고 있었다. 웃음의 의미는 무엇이었을까? 아무튼, 카레보다 떡볶이를 좋아하는 반려자의 배려로 그날 저녁은 입간판이 알려준 카레 팝업 식당에서 카레를 먹었다. 연애를 시작하고 결혼한 뒤로 카레를 먹는 횟수가 조금 줄었지만, 카레를 계속 먹으며 다양한 기분을 느낀다.

앞으로의 인생이 어떻게 흐를지 모르지만, 주말에는 틈틈이 스파이스 카레 만들기 연습을 하고, 여유가 되면 일본어를 배워 일본의 카레 탐구가 미즈노 진스케 씨가 만든 카레 학교 워크숍에도 다녀오고 싶다. 카레 팝업 식당, 일본 전국 카레 여행, 인도 카레 여행 등을 하며 다양한 카레와 함께 세상과 연결되고 싶다. 조금씩 커가는 나만의 카레 일생을 꿈꾼다.

출간 제의가 왔을 때, 이미 도쿄 카레 여행 에세이 책에서 카레 이야기를 실컷 했는데 또 카레 이야기를 써야 할지, 카레와 연결된 내 삶을 글로 쓸 수 있을지 고민했다. 그래도 쓰기로 했다. 세상에는 다양한 카레가 있다는 사실과 다양한 모습의 카레처럼 오늘을 사는 각자의 기분과 서로 다른 삶의 방식이 있음을 기억하고 싶었다. 글을 쓰며 여전히 마음 한구석을 담담하게 지키는 카레를 확인했다. 시간이 흐르고 사랑하는 사람이 생겨도 카레는 내 안에 작고 확실하게 자리 잡고 있었다. 내 삶을 채우는 기분이 있다. 오늘 기분은, 카레다.

사진으로
기억하는

카레의 기분

• 너무 졸렸던 날 공기식당에서 먹었던 키마 카레. 톡 쏘는 피쉬 소스가 들어가 잠이 확 깼다.

• 독립출판 책을 준비하느라 밤을 새서 몽롱한 기분으로 먹었던 토마토 카레.

• 전날 종일 걸어 다니느라 지친 상태로 도쿄 시부야역 근처에서 먹었던 치킨 카레.

• 두 시간 간격으로 카레를 먹어 맛이 잘 기억나지 않는 키마 & 치킨 카레 콤보.

• 저녁 오픈 시간에 맞춰 가서 혼자 멍하게 카레에만 집중하며 먹었던 어묵 카레.

• 첫 번째 도쿄 카레 여행 마지막 날 멍한 기분으로 맛본 포크 카레.

• 처음 만들어본 채소 카레가 생각보다 맛이 없어 10인분을 며칠 동안 혼자 먹었다.

• 새로 시작한 프로젝트가 걱정돼 잠을 설쳐 멍한 채 먹었던 소고기 카레.

• 북 페어를 준비하며 정신없이 지내느라 뒤숭숭했던 날 먹었던 카레 파스타.

• 회사 일이 많아서 답답한 날 먹었던 케루악의 오믈렛 카레.

• 일이 잘 안 풀려 조급해졌던 날 먹었던 소고기토마토 & 새우 반반 카레.

• 남인도풍치킨 커리를 시도해보았는데 생각보다 맛있게 만들지 못해 답답했다.

- 바나나향이 매력적이었던 단맛 & 매운맛 믹스 카레. 더 먹고 싶었지만 위가 작아 슬펐다.

- 시모키타자와 카레 페스티벌에서 먹었던 키마 카레. 배가 불러 미니 사이즈로 주문했다.

• 키마 카레를 두 번째 만들어보았는데 처음보다 더 맛이 없어 슬펐다.

• 세 번째 도쿄 카레 여행 마지막 날 밤 찾아갔던 곳의 채소 & 버터치킨 반반 카레.

• 인쇄소에 들렀다 저녁으로 먹은 동경우동의 카레라이스. 부모님 생각이 났다.

• 혼자 여행 온 사실이 쓸쓸하게 느껴지던 날 점심으로 먹었던 스파이스 쿠라시의 빈 커리.

• 반려자에게 새로운 맛의 망고쉬림프 카레를 소개할 수 있어서 설렜다.

• 반려자와 친구로 지내던 시절 함께 먹었던 삼겹살 카레.

• 대구의 스파이스 카레 식당을 찾아가서 먹었던 양고기 & 키마 & 치킨 3종 카레.

• 《카레 도감》을 감수한 카레 요리사가 운영하는 카레 식당에서 먹은 포크 & 치킨 반반 카레.

• 도쿄 카레 여행 중 디자인 시안을 보내고 마음 편히 먹었던 <u>에스닉 소보로 카레</u>*.

> *태국식 돼지고기 덮밥과 비슷한 느낌으로
> 다진 고기가 들어간 국물이 없는 카레다.

• 처음 가본 가마쿠라에서 먹었던 일본식 키마 카레.

• 잡지에서 알게 된 시모키타자와의 카레 식당에서 수프 카레*를 처음 먹어본 날.

* 수프처럼 묽은 카레 소스에 고기와 다양한
채소 토핑이 올라간 카레다.

• 드라이 가지 카레를 처음 만들어봤는데 의외로 맛있었다.

신난 ~

• 오랜만에 방문해 신나게 먹었던 공기식당의 고등어 카레.

• 힘차게 일하는 주방 직원의 모습을 보고 기운 차렸던 날의 가츠 카레.

• 이번에 만든 버터치킨 커리가 지난번보다 맛있었다!

• 레시피 책의 사진과 비슷하게 완성된 베지터블 코르마. 뿌듯했다.

못다 한

일곱 가지 카레 이야기

카레와
나

....

카레를 좋아하는 나는 다른 사람의 눈에 어떻게 보일까. 아랫
글은 나와 가장 가까운 사람이 쓴 카레와 나의 모습이다. 반려
자는 나에게 프러포즈를 하며 책 한 권을 줬는데 책 내용은 나
와 사귀는 동안 나를 보며 쓴 관찰 일지였다. 일지에는 카레와
얽힌 내 모습도 적혀 있었다. 타인이 본 '카레와 나'의 모습은
이렇다. 이런 모습일 줄은 몰랐다.

나는 카레를 질투하게 되었다.

처음에 알고 지낼 때만 해도 지금처럼 카레를 좋아하지 않았
던 그는, 점점 카레를 좋아하더니 지금은 카레에 대한 독립출

판물을 만들고, 카레 굿즈를 만들어 팔고, 카레 여행을 다닌다. 카레에 대한 그의 열정을 보면서 자신이 좋아하는 대상을 향해 앞뒤 가리지 않고 직진만 하는 모습이 진지해서 보기 좋다. 카레를 먹을 때만은 **빼고** 말이다.

같이 카레를 먹으러 갔을 때, 그는 카레 사진을 찍고 맛보는 시공간에 갇혀버렸고, 나와는 분리되어 있다는 느낌을 받았다. 말만 안 했지, 무언가를 느끼고 생각하는 과정이라는 게 분명하게 느껴졌다. 왜냐면 나를 쳐다보거나 말을 걸지 않았기 때문이다. '게임이나 드라마를 좋아하는 애인이 자신보다 모니터에 더 **빠져** 있는 모습을 보며 서운함을 느끼는 사람들도 아마 이런 기분이겠지' 하는 생각으로 그가 카레를 먹을 때는 나도 나 혼자만의 시간을 갖기로 다짐했다. 카레가 사람이 아니라서 다행이다.

한 번은 함께 주문한 카레 메뉴가 같았는데 하나에는 여러 조각으로 슬라이스 된 삶은 달걀 토핑이 들어가고 나머지 하나에는 들어가지 않았다. 그는 달걀 토핑이 들어간 카레를 본인 앞에 두고 먹기 시작하더니 달걀 슬라이스 한 조각을 나눠주겠다는 말도 없이 카레에만 집중했다. 내가 조심스레 "달걀이랑 같이 먹으면 어때?"라고 물었더니 괜찮다고만 대답했다. "먹어볼

래?" 또는 "아차, 나만 달걀을 먹고 있었네. 몇 개 나눠줄게"라고 말해야 하지 않았을까? 나는 그에게 달걀 슬라이스 한 조각을 달라고 해서 겨우 먹어보고는 다시 말을 걸지 않았다. 그렇지만 그냥 넘어갈 내가 아니다. 그 일화를 두고두고 다시 꺼내 놀려댔다. 달걀도 안 나눠주는 애인이라고. 그는 먹는 동안에는 카레에 열중해서 아무 생각이 없었다고 한다. 자기도 그런 자신의 모습을 알고 놀랐다고 말이다.

늘 상대를 세심하게 챙기고 배려하는 사람이 밥을 먹을 때, 특히 카레를 먹을 때는 이런 모습을 보인다는 것이 놀랍다. 단순해서 그럴까? 카레 하나에만 집중하기도 바빠서? 그래도 달걀 사건 이후 식사를 할 때면 의도적으로 나에게 말을 걸고, 달걀만 나오면 무조건 나에게 모두 주는 모습을 보여 고맙기도, 웃기기도 하다.

2

숫자로 보는
카레 생활

· **연도별 카레를 먹은 횟수**

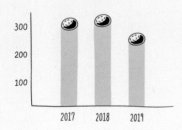

2017년: 323회
2018년: 333회
2019년: 252회

언제, 어디서, 어떤 카레를, 올해 몇 번째 먹었는지 등을 카레를 먹을 때마다 구글 시트에 기록한다. 연애를 시작한 2018년 말부터는 (떡볶이를 좋아하는) 반려자와 밥 먹는 일이 많아져 2019년에는 카레를 적게 먹었다.

・카레를 먹었던 날 많이 느꼈던 기분 세 가지(2017~2019년 기준)

피곤한: 293회

멍한: 129회

설렘: 103회

바쁜 현대사회에서 피곤함은 밥 먹듯 꼬박꼬박 찾아온다. 카레를 먹는 동안 만큼은 피곤함을 덜 느낄 때가 많아, 피곤할 때 카레를 더 먹는 편이다. 카레를 먹을 힘도 없다면 그날은 정말 힘든 날이다.

: 숫자로 보는 카레 생활

· 먹은 카레 중 가장 비쌌던 카레

값 18,000원.
바왕(Bhavan/バワン), 두 가지 카레 정식(베지코르마, 포크빈달루)

도쿄 카레 여행 때 방문한 도쿄 근교 가마쿠라시 유이가하마
의 작은 식당에서 맛본 카레 정식이다. 매일 조금씩 바뀌는 여
러 남인도 스타일의 커리가 있었다. 재료 그대로의 맛이 잘 느
껴지면서도 감칠맛과 향신료 향이 절묘하게 어우러졌던 포크
빈달루 커리 맛이 인상 깊었다. 포크빈달루 커리는 포르투갈
음식의 영향을 받은 커리로 식초와 마늘이 들어가 식욕을 돋
우는 신맛이 특징이다.

주소: 가나가와현 가마쿠라시 유이가하마 3-2-23(3-2-23 Yuigahama, Kamakura,
  Kanagawa/ 神奈川県 鎌倉市 由比ヶ浜 3-2-23)

값 4,300원.
마츠야(Matsuya/ 松屋), 비프 카레(소)

도쿄 카레 여행 때 숙소가 있던 요요기하치만역 근처의 체인 식당 마츠야의 비프 카레. 24시간 영업하는 식당이어서 여행 마지막 날 아침 8시에 방문할 수 있었다. 다른 체인 브랜드 식당의 카레보다 색이 진했다. 아침 일찍부터 진한 카레 향이 담긴 카레를 단돈 380엔에 먹을 수 있어 감사했다.

주소: 도쿄도 시부야구 토미가야 1-52-2(1-52-2, Tomigaya, Shibuya-ku, Tokyo/ 東京都 渋谷 区 富ケ谷 1-52-2)

• 많이 먹은 카레 종류 세 가지(반반 카레 및 중복 포함)

버터치킨 커리: 148회

키마 카레: 111회

포크 카레: 68회

버터치킨 커리와 포크 카레는 즐겨 찾는 공기식당에서 자주
나오는 메뉴라 많이 먹었다. 키마 카레는 도쿄 카레 여행 때 방
문했던 카레 식당의 레시피 책을 보고 카레 만들기 연습을 하
다 보니 많이 먹게 되었다.

3

카레의
효능

카레가 좋은 음식이라고 생각하는 이유는 카레가 나오는 일
본 영화에서 찾을 수 있다. 〈행복한 사전〉에서 출판사 영업부
직원 레미는 카레를 먹으며 사내 애인 니시오카에게 영업부
동료 마지메의 흉을 본다. 영업에 소질이 없는 마지메를 니시
오카가 있는 사전편집부로 제발 데려가라고 한다. 레미의 거
침없고 솔직한 흉보기 덕분에 마지메는 사전편집부로 이동하
고, 자신에게 꼭 맞는 사전편집자의 길을 만난다. 마지메의 삶
을 바꾸는 솔직한 표현은 레미의 입안에서 카레와 뒤섞여 나
왔다. 변화의 시작에는 카레가 있었다.

〈리틀 포레스트2: 겨울과 봄〉에서 주인공 이치코와 친구 키코는 다툰다. 다음 날, 키코는 인도풍 스파이스 카레를 한 냄비 들고 이치코의 집에 간다. "카레 만들어 왔어, 같이 먹자"라며 말문을 연다. 카레를 데우고 밥을 짓고, "어제는 미안했어"라고 말한다. 서로의 마음을 조용히 주고받는다. "음, 맛있다"라는 말로 어색함을 달랜다. 분위기를 되찾는다. 카레가 없었다면 둘은 어떤 음식 앞에서 화해했을까. 카레 덕분에 둘은 화해할 용기를 낼 수 있었다.

〈바닷마을 다이어리〉에서 바람난 아버지가 낳은 배다른 막내 스즈는 셋째 언니 치카와 함께 어묵 카레를 먹는다. 카레를 먹으며, 스즈는 세 언니의 눈치를 보느라 하지 못했던 아버지 이야기를 꺼낸다. 지난번 잔멸치 덮밥을 먹을 때 처음 먹어본다고 했던 말은 거짓이었다고, 사실은 돌아가신 아버지가 자주 해주던 요리였다고 셋째 언니 치카에게 털어놓는다. 치카는 아무렇지 않게, "그랬구나, 언젠가 아버지 얘기해줘"라고 말한다. 스즈는 낚시를 좋아했던 아버지 이야기를 한다. 용기를 내어 거짓말을 고백하고, 아버지 이야기를 시작하는 스즈 앞에는 따뜻한 카레 한 그릇이 놓여 있었다.

카레는 우리가 솔직해지도록, 용기를 낼 수 있도록 도와준다. 내가 믿는, 카레의 효능이다.

: 카레의 효능

4

카레를 맛있고
재밌게 먹는 방법

나는 카레 전문가가 아니다. 카레에 교육과정이 있다면 나는 유치원생 수준이다. 향신료 향을 헷갈릴 때가 있다. 다행히도 카레를 먹는 방법은 다양하다. 정답이 없다. 유치원생처럼 순수하고 자신 있게, 내가 카레를 즐기는 방법을 소개한다.

스물네 살까지 내가 카레를 먹는 방법은 단 한 가지였다. '밥과 소스를 한꺼번에 비벼 계속 먹기.' 고된 일이었다. 흙을 퍼내는 포클레인 삽처럼 일정하고 규칙적인 움직임으로 카레를 입안에 떠 넣는다. 밥과 섞인 카레 소스는 시간이 지나면 점점 굳는다. 그러면 숟가락으로 밥을 뜰 때 손에 힘이 더 들어간다. 거슬린다.

이렇게 이십사 년을 살다가 카레 소스를 밥과 조금씩 섞어 먹는 사람을 만났다. 그런 사람을 태어나 처음 볼 만큼, 집 밖에서는 카레를 먹은 적이 거의 없었다. 집에서도 카레를 자주 먹지는 않았다.

사 년 전부터 본격적으로 카레를 좋아한 나는 다양한 숟가락질 방법으로 카레를 맛본다. 여러 방법이 있지만, 주요 방법은 네 가지다.

첫 번째 방법은 소스만 떠먹기다. 카레의 맛을 깊이 느껴보는 방법이다. 지그시 눈을 감으면 더 깊은 맛이 느껴지는 듯한 착각에 빠지기도 한다.

두 번째 방법은 밥 위에 소스를 얹어 떠먹기다. 입안의 밥알 사이로 소스가 스며들어 둘이 하나가 되는 감촉을 느낀다.

세 번째 방법은 밥과 소스를 비벼 떠먹기다. 카레 소스의 점도가 묽을 때 주로 활용한다. 또 쌀밥이 유난히 맛있는 식당에서 자주 이용한다. 카레 소스와 밥을 비빈 뒤 바로 입에 넣지 않고 약 3초 정도를 기다렸다가 입에 넣으면 맛있다. 과학적인 이유는 없지만, 몇 초를 더 기다리는 의식으로 인해 맛이 좋아진다.

네 번째 방법은 밥만 떠먹기다. 쌀밥이 맛있거나 터메릭,

버터, 견과류, 말린 과일 등으로 개성을 더한 밥을 만났을 때 활용한다. 가끔 카레 소스 리필이 안 되는 식당에서도 네 번째 방법을 쓴다.

카레를 조금씩 떠먹는 네 가지 방법을 얘기하면, 혹시라도 한 번에 비벼 먹기가 사회악처럼 보일까 걱정이다. 물론 한 번에 비벼 먹으면 대부분 마지막에는 소스와 밥이 서로 엉겨 촉촉한 소스 맛을 느끼기 어렵다. 종종 카레 소스와 밥을 한 번에 비벼 드시는 분을 보면 마음이 아프다.

그러나 예외도 있다. 언젠가 서촌에 위치한 칼국수 식당에서 카레를 주문했다(칼국수를 먹으러 갔다가 메뉴판에 카레가 적혀 있어 카레를 주문했다). 밥과 소스가 비벼진 채 나와 경악했는데, 식을수록 점도가 높아짐에도 묘한 감칠맛이 있었다. 비비는 수고가 덜해 먹기도 편했다.

도쿄 긴자의 나일 레스토랑ナイルレストラン에서 치킨 커리를 먹을 때도 소스와 밥을 한 번에 비볐다. 사장님이 한 번에 비벼 먹으라고 했다. 소스가 꽤 촉촉해서 다 먹을 때까지 밥과 소스가 엉겨 굳지 않았다. 한 번에 비빈 후에 먹어도 맛있는 경우가 있었다.

카레를 먹는 방법에는 정답이 없다. 네 가지 방법 외에도 카레를 맛보는 자신만의 새로운 방법을 여러분도 찾길 바란다.

• 카레를 맛보는 네 가지 숟가락질 방법

1. 소스만 떠먹기

2. 밥 위에 소스를 얹어 떠먹기

3. 밥과 소스를 비벼 떠먹기

4. 밥만 떠먹기

• 한 번에 비빈 후 먹는 방법

한 번에 비빈 후 먹으면,
마지막 몇 숟갈은
퍽퍽하게 느껴질 수 있다.
아주 가끔 예외도 있다.

: 카레를 맛있고 재밌게 먹는 방법

5

카레
채집 카드

카레 채집 카드는 내가 먹은 '카레의 맛', '카레의 인상 깊었던 부분', '카레를 먹었을 때의 기분' 등을 기록하는 손바닥만 한 종이다. 카레를 먹을 때 카레 채집 카드가 있으면 뭐가 좋을까? 카레 채집 카드를 사용하면 좋은 세 가지 이유가 있다.

첫 번째, 카레를 흥미롭게 먹을 수 있다. 바로 전에 맛있고 재밌게 카레를 맛볼 수 있는 네 가지 방법을 소개했는데, 이 네 가지 중 어떤 방법으로 숟가락질을 몇 번 했는지 기록하다 보면 어느새 빈 그릇을 마주하게 된다. 물론 경우와 취향에 따라 한 번에 비벼 먹는 방법도 있지만, 한술 한술 조금씩 비벼 먹으면 밥과 카레 소스의 맛을 차분히 느낄 수 있다.

두 번째, 카레의 다양한 개성을 느낄 수 있다. 맛집 리뷰는 주로 평가와 별점으로 이루어진다. 취향에 따라 별의 개수와 맛을 표현하는 형용사는 바뀔 수 있다고 생각한다. 2017년 첫 도쿄 카레 여행을 함께한 친구와 카레를 네 번 먹었는데, 네 가지 카레 모두 각자의 개성을 담고 있었다. 카레의 매력인 다양성에 푹 빠졌다. 카레의 개성만큼 친구와 나의 취향도 달랐다. 나는 단맛이 강한 유럽풍 카레가 기억에 남았고, 친구는 매운맛과 신맛이 강한 일본식 카레의 맛이 기억에 남는다고 했다. 내가 아쉽게 느낀 신맛이 다른 누군가에게는 인상 깊은 신맛이 될 수 있다는 사실을 다시 한번 깨달았다. 비교하기와 평가하기에 앞서 각자의 개성을 찾아 '내가 느낀 카레의 맛'을 있는 그대로 기록해보면 어떨까. 같은 카레를 먹고도 서로 어떻게 다르게 느꼈는지를 나누는 것도 카레 채집 카드의 또 다른 재미다.

세 번째, 카레를 먹으며 나를 돌아볼 수 있다. 바쁘게 지내다 보면 오늘 내 기분은 어떤지, 어제 날씨는 어땠는지 잊기 쉽다. 작고 소중한 일상이 사라지는 기분이다. 짧은 시간이지만,

카레를 비벼 먹을 때의 나의 기분과 오늘의 날씨, 카레의 맛에 집중하다 보면 고민에서 온전히 벗어나 마음이 편해질 때가 있다. 나름의 위로가 되기도 한다. 카레 채집 카드를 작성하는 누군가도 카레가 전하는 따듯한 위로를 받으면 좋겠다.

'내가 느낀 카레의 맛'을 그대로 기억해보자.

메뉴			
식당			
날씨		기분	

1 소스만 떠먹은 횟수	2 밥 위에 소스를 얹어 떠먹은 횟수	3 밥과 소스를 비벼 떠먹은 횟수	4 밥만 떠먹은 횟수
① ② ③ ④ ⑤ ⑥ ⑦ ⑧ ⑨	① ② ③ ④ ⑤ ⑥ ⑦ ⑧ ⑨ ⑩ ⑪ ⑫ ⑬ ⑭ ⑮	① ② ③ ④ ⑤ ⑥ ⑦ ⑧ ⑨ ⑩ ⑪ ⑫ ⑬ ⑭ ⑮	① ② ③ ④ ⑤ ⑥ ⑦ ⑧ ⑨

총 숟가락질 횟수

내가 느낀 '카레의 맛'

카레 채집 카드

___ 년

___ 월

___ 일

___ 요일

: 카레 채집 카드

6

카레
레시피

1. 평범한 날에 먹는 '양파 듬뿍 카레'

이름이 알려주듯 양파가 '듬뿍' 들어간 카레다. 인스턴트 카레 가루를 사용하기에 만들기 쉬운 편이다. 양파 양을 반으로 나눠 처음과 마지막에 두 번 넣는다. 어릴 때부터 늘 먹던 익숙한 카레 향과 함께 몽글몽글 씹히는 양파의 단맛이 포인트다. 코코넛밀크 대신에 우유 또는 바나나 우유를 넣어도 좋다. 우유마다 각기 다른 맛의 차이를 느껴보는 재미가 있다. 건더기로 들어가는 감자와 당근 대신에 내가 좋아하는 건더기 재료를 넣어 평범한 듯 특별한 나만의 카레를 만들어보자.

[재료] (3~4인분)
- 오뚝오뚝 일어나는 카레 브랜드의 순한맛 카레 가루(50g)
- 오뚝오뚝 일어나는 카레 브랜드의 약간매운맛 카레 가루(50g) *매운맛을 좋아한다면, 매운맛 카레 가루를 사용
- 식용유 2큰술(30ml)
- 코코넛밀크 700ml
- 물 100~300ml
- 우스타 소스 1작은술(5ml) *없으면 생략
- 양파 3개
- 감자 1~2개
- 당근 1개

[만드는 방법]
① 두 가지 카레 가루를 프라이팬에서 3~5분 정도 숟가락으로 잘 섞으며 볶는다. 불은 중약불로 한다.
② 카레를 만들 냄비에 식용유를 두르고 잘게 다진 양파(1½개)를 넣어 밤색이 될 때까지 볶는다. 양파가 타지 않도록 잘 젓는다. 불은 중약불이다.
③ 코코넛밀크를 넣고 한 번 끓어오르면, 불을 약불로 바꾸고 한입 크기로 자른 당근과 감자, 우스타 소스를 넣는다.
④ 볶은 카레 가루를 조금씩 넣으며 풀어 녹인다. 물을 조금씩 넣으며 간과 소

스 농도를 내 입맛에 맞춘다.

⑤ 카레 가루를 다 풀어 넣은 다음, 냄비 뚜껑을 닫고 20분 정도 끓인다. 중간중간 소스가 냄비 바닥에 눌어붙지 않도록 저어준다. 불은 약약불로 한다.

⑥ 카레가 끓는 동안, 1cm 크기로 다진 양파(1½개)를 식용유를 두른 프라이팬에 양파가 투명해질 때까지 10분 정도 볶는다. 불은 중약불로 한다.

⑦ 따로 볶은 양파를 냄비에 넣고 약불로 5분 정도 더 끓이면 끝!

2. 심심한 날에 먹는 '토마토 짜릿 카레'

심심한 날에는 시간을 넉넉히 두고 순수 향신료를 사용한 스파이스 카레 만들기에 도전해보자! 인스턴트 카레 가루를 사용한 '양파 듬뿍 카레'보다 손이 더 가고 시간도 오래 걸리지만, 또 다른 카레의 매력을 발견할 수 있다. 타마린드콩과에 속하는 타마린드 나무의 열매의 짜릿한 새콤함이 포인트. 새우나 오징어를 넣어도 잘 어울린다. 첫술을 입에 넣는 순간, 심심한 오늘이 짜릿하게 느껴질지도 모른다.

[재료] (3~4인분)

- 코코넛오일 또는 식용유 4큰술(60ml)
- 타마린드 페이스트를 우린 물: 타마린드 페이스트 칸쵸 2알 정도 크기(25g) + 물 약 ⅔컵(170ml) *타마린드 페이스트와 향신료는 인터넷에서 구매할 수 있다.
- 물 2½컵(625ml)
- 설탕 2작은술(10ml)
- 소금 1작은술(5ml)
- 양파 큰 것 1½개
- 다진 생강 2작은술(10ml)
- 홀 토마토 캔 1개(400g)
- 양배추 ¼개(250g)
- 표고버섯 4~5개(100~125g)

+ 향신료 A: 홀 스파이스
- 머스타드 씨 1작은술(5ml)

+ 향신료 B: 파우더 스파이스
- 칠리 파우더 1큰술(15ml)
- 파프리카 파우더 2작은술(10ml)
- 카레 파우더 1큰술(15ml)
- 코리앤더 파우더 ½작은술(3ml)
- 가람마살라 파우더 ½작은술(3ml) *없으면 생략

[만드는 방법]

① 타마린드 페이스트를 물에 20~30분 정도 불린 다음, 잘 풀어 녹이고, 씨와 껍질을 체로 거른다.

② 카레를 만들 냄비에 코코넛오일을 두른 다음 향신료 A를 넣고 30초 정도 향을 낸다. 불은 약불로 한다.

③ 채 썬 양파 1개, 다진 생강, 소금을 냄비에 넣고 섞는다. 양파의 수분을 날리

며 15분 정도 볶는다. 양파가 타지 않도록 잘 젓는다. 불은 중불로 한다.

④ 양파 수분이 날아가면, 설탕과 홀 토마토를 넣고 뭉개가며 볶는다. 토마토가 졸아들 때까지 15~20분 정도 볶는다. 불은 중약불로 한다.

⑤ 토마토가 졸아드는 동안, 다른 프라이팬에 식용유를 조금 두르고 다진 양파 ½개와 채 썬 양배추를 10분 정도 볶는다. 불은 중불로 한다. 양파와 양배추가 타지 않도록 잘 젓는다.

⑥ 수분이 날아간 토마토 베이스에 향신료 B를 넣고 타지 않도록 빠르게 섞는다.

⑦ ⑥번에 물 2½컵과 타마린드 우린 물의 반 정도를 넣고 한 번 끓어오르면, 불을 약불로 바꿔 5분 정도 끓이다가 ⑤번 재료와 표고버섯을 넣고 15분 정도 끓인다. 불은 약불로 한다.

⑧ 남은 타마린드 우린 물을 조금씩 넣어가며 내 취향에 맞게 신맛을 조절한다.

카레
스팟 지도

오늘은 어떤 카레가 어울릴까.

카레 스팟 지도를 살펴보고

내 기분에 맞는 카레를 찾아 걸음을 옮겨보자.

: 카레 스팟 지도

다양한 카레의 맛처럼
다양한 삶이 있어요.

당신만의 맛있는 삶을
누리길 바라요.

평범한 듯 특별한
오늘의 기분은 카레

초판 1쇄 인쇄 2020년 8월 28일 **초판 1쇄 발행** 2020년 9월 3일

지은이 노래
펴낸이 연준혁

편집 2본부 본부장 유민우
편집 2부서 부서장 류혜정
책임편집 선세영
디자인 김준영

펴낸곳 ㈜위즈덤하우스 **출판등록** 2000년 5월 23일 제13-1071호
주소 경기도 고양시 일산동구 정발산로 43-20 센트럴프라자 6층
전화 031)936-4000 **팩스** 031)903-3893 **홈페이지** www.wisdomhouse.co.kr

ⓒ 노래, 2020

ISBN 979-11-90908-88-7 03810

이 도서의 국립중앙도서관 출판예정도서목록(CIP)은 서지정보유통지원시스템
홈페이지(http://seoji.nl.go.kr)와 국가자료종합목록시스템(http://www.nl.go.kr/
kolisnet)에서 이용하실 수 있습니다. (CIP제어번호: CIP2020035909)